Rheinblut

Ein Düsseldorf - Krimi

von

Jörg Marenski

Herstellung und Verlag:
Books on Demand GmbH, Norderstedt
ISBN 978-3-8423-0623-3

Dieses Buch sei allen Menschen gewidmet, die eine der besten rheinischen Tugenden ihr Eigen nennen: die Toleranz gegenüber anders Denkenden, Lebenden oder Fühlenden

Prolog

Es war so kalt, so unsagbar kalt. Irgendwie schien er auf einem spitzen Stein zu liegen, denn etwas bohrte sich in seinen Rücken, in der Nähe des Lendenwirbels. Mit einiger Anstrengung versuchte er, sich seitlich zu rollen, aber es gelang ihm nicht. „Na los, du Schlappschwanz, mach schon ... das bisschen geht doch ... der hat dich doch kaum erwischt", dachte er sich und startete einen neuen Versuch. Da schoss ihm der Schmerz durch den Körper und ins Hirn, eine Kakophonie wilder Schreie seiner Nervenenden, von seinem Bauch ausgehend und in den ganzen Körper ausstrahlend. Tränen schossen ihm in die Augen.

So ist das also, wenn es zu Ende geht. Aber doch nicht so, nicht auf einer gammeligen Wiese in Himmelgeist, im Dunklen ... es sollte im Kreise Vertrauter oder von Freunden geschehen, in Würde. Aber nicht so, mit einer roten Perücke, verschmiertem Make-up, aufgetakelt wie eine Heiermann-Nutte ... was würde wohl Paul, sein Bruder, über ihn denken? Und erst recht Sylvia, seine Frau?

Vor nicht einmal zwei Stunden hatte er ihn auf dem Parkplatz an der Nikolausstrasse getroffen, da, wo sich sonst unter der Woche immer die Walker und Jogger trafen. Es hätte ein so geiles Date werden sollen, nach den wochenlangen Chats, in denen er ihn so aufgeheizt hatte, dass er sich regelmäßig einen runtergeholt hatte. Und nun sollte es das erste reale Treffen sein, wildes Herumvögeln im Freien, in der Nacht. Er war ja nicht das erste mal dort, er hatte dort schon andere getroffen. Und nie war was passiert! Und jetzt das!

Wieder versuchte er sich aufzurichten. Vergeblich, nur den Kopf konnte er etwas heben … und was er dann sah, zwang ihn, sich spontan heftig zu übergeben. Seine Bauchdecke wies einen mindestens 20 Zentimeter langen Schnitt auf, von oberhalb des Nabels in Richtung Brustbein. Sein Bauch und das, was von seiner Kleidung noch übrig war, war blutdurchtränkt und Teile seines Darms waren aus der offenen Wunde gequollen und hingen wie ein faltiger grauer Wurm aus ihm heraus.

Er fing an zu wimmern und das Wimmern ging in ein Heulen und dann in ein Schreien über. Seine Hilferufe verklangen ungehört in der Nacht, wer sollte ihn auch hören? Das nahe Schloss Mickeln wurde nur zu Tagungszwecken genutzt und um 1.00 Uhr in der Nacht waren auch keine Freizeitsportler unterwegs. Anwohner waren bestimmt zu Bett oder lagen vor dem Fernseher … oder vergnügten sich miteinander.

Und es war immer noch kalt, so unsagbar kalt. Er zitterte und schloss die Augen. „Bitte, Gott, nicht so … nicht in diesem Zustand. Lass mich nicht allein … ich hab doch nichts getan … keinem Menschen habe ich was getan. ICH WILL NICHT STERBEN!“ Diese geflüsterten Worte sollten die letzten sein, die Josef Winkler, genannt Josy, in seinem Leben sprechen sollte. Denn wenige Augenblicke später hörte sein Zittern auf …

Kapitel 1

„Moin, Obelix, dat fängt ja jut heute an … ne Tunte im Park, mier han doch jenuch ze donn!" Ob ich mich wirklich jemals mit dem Pseudo-Platt meines Kollegen anfreunden würde, in das er immer verfiel, sobald er sich aufregte? An dem dämlichen Spitznamen konnte ich schon nichts mehr ändern, da hätte ich mich früher wehren müssen. Aber wenn man Oberle heißt und um die Körpermitte eher rundlich ist, dann ist es mit der Idee des Obelix nicht weit her.

Darf ich mich kurz vorstellen? Ich bin Michael Oberle, Hauptkommissar bei der Mordkommission in Düsseldorf. Ich bin 46 Jahre alt und stamme vom Bodensee, nicht, dass man es mir noch anhört, aber auch den rheinischen Slang konnte ich bis jetzt vermeiden. Vor 12 Jahren kam ich nach Nordrhein-Westfalen, der Liebe wegen … und die hielt leider nicht ewig. Aber das ist ein anderes Thema. Mein Steckbrief: 184 cm groß, „psssst" Kilogramm, kurze schwarze Haare, Bart, leidenschaftlicher Jeansträger und Fan von Holzfällerhemden, sehr zum Leidwesen meiner Vorgesetzten.

Seit vier Jahren waren Josef Schmitz, liebevoll von Allen Jupp genannt, und ich ein Team. Wir waren zwar nicht die Einzigen in unserem Kommissariat, aber irgendwann hatte uns das Schicksal zusammen geführt. Jupp bezeichnete sich als strafversetzten Exil-Kölner. Er hatte wohl mal was mit einer Bordellbesitzerin gehabt, und das war raus gekommen. Und da man mal wieder aufgrund der schlechten Presse rigoros gegen den „kölschen Klüngel" vorgehen wollte, stellte man ihn vor die Wahl: Versetzung oder ein Disziplinarverfahren. Jupp wählte das Erste und der Kölner Polizeipräsident schien nicht unglücklich darüber zu sein … die beiden hatten wohl schon in früherer Zeit einige Auseinandersetzungen gehabt. Darauf führte Jupp auch die Versetzung nach Düsseldorf zurück, wohl das Schlimmste, was einem Kölner passieren kann.

Ich betrachtete Jupp, wie er an der Fundstelle herumwuselte und fragte mich, wie lange die Nähte seiner eindeutig zu engen Hose noch halten mochten. Ruprecht Vollmer, unser „Doc", kam auf mich zu: „Hallo, Micha, wirklich kein schöner Anblick. Der Täter hat wohl zuerst einmal in den Rücken gestochen, dann der Stich in die Hüfte, und zum Schluss noch ein Stich in den Bauch, der dann bis zum Brustbein hochgezogen wurde. Als wollte er ein Karnickel ausnehmen. Tatort und Fundort sind jedenfalls identisch, bei der Menge Blut ... übrigens, wann gehen wir mal wieder essen?"

„Ruprecht, du hat wirklich kein Erbarmen mit mir ... nach den Eröffnungen kommst Du mir an mit Essen gehen? Du hast die Seele eines Fleischerhundes!" „Ach ja, ich vergesse es immer wieder, du kannst ja kein Blut sehen. Wie die dich bei der Polizei annehmen konnten, wird mir ewig ein Rätsel bleiben." „Vielleicht ist es meine zutiefst menschliche Natur und mein umwerfender Charme, der mich von solchen Bauernseelen aus Kappes Hamm wie dir unterscheidet."

Beleidigt zog Ruprecht ab, er konnte es gar nicht leiden, wenn ich über SEINEN Stadtteil herzog. Auf meinen Ruf „ich bekomm doch morgen den Bericht, oder?" drehte er sich nicht mal um, sondern zeigte mir nur seinen Mittelfinger. Wollte er mir damit sagen, dass ich ihn bis um 1.00 Uhr habe?

Jupp quengelte: „Nu komm schon, isch han mir allet anjesehen. Is wirklich nitt schön. Isch kann zwar nix mit dä janzen Bagage von Schwanzlutschern und Transen anfangen, aber … dä Kerl hat wirklisch ne schreckliche Tod jehat." „Und du weißt, was das bedeutet Jupp … Ermittlungen in der Szene. Denkst du, mir macht das Spass, mich in den Schwulen Kneipen und Szenetreffs rumzutreiben? Vielleicht haben die Jungs von der Sitte nen Tipp für uns. Sonst müssen wir uns da erst mal reinackern. Hatte er denn Papiere dabei?"

Ein junger Streifenpolizist kam hinzu und berichtete: „Wir haben schon die Handtasche untersucht, die in der Nähe lag. Dem Personalausweis nach ist das der Tote: Josef Winkler, 39 Jahre, gemeldet in Hellerhof, Hans-Becker-Strasse ... ich hab schon eine Datenabfrage gemacht: er ist verheiratet, hat 2 Kinder. Soll ich ihnen die Adresse aufschreiben?" Ganz schön fix, der Kollege, der denkt ja mit, dachte ich. „Ja, lassen sie uns gleich mal hinfahren, dann haben wir es hinter uns. Haben sie Polaroids vom Gesicht des Toten?" „Ja, aber … die können wir doch nicht der Frau zeigen … wenn die nichts weiß von seinen Neigungen … das wäre doch ein wenig viel, meinen sie nicht?" Ein bisschen kess zwar, aber er hatte recht - wo war ich heute nur mit meinen Gedanken. „Ja, sicher, dann mal los … sie muss ihn ja sowieso noch identifizieren. Können sie mich fahren? Dann kann Jupp schon mal ins Präsidium, ein wenig Recherche betreiben. Wer hat den Toten eigentlich gefunden?" „Das waren wir, meine Kollegin und ich. Wir fuhren hier eine routinemäßige Runde, als Silke im Vorbeifahren die Kleidung im Gebüsch bemerkte. Beim Zurücksetzen sahen wir es dann genauer, gingen näher und entschieden uns, aufgrund der Rahmenbedingungen direkt ihr Dezernat und die KTU anzurufen."

Wir gingen zum Streifenwagen und seine Kollegin, eine sehr aparte Brünette, nickte mir zu und stieg mit ein. Im Wagen stellten sich die beiden vor: Polizeimeisterin Silke Krause und Polizeiobermeister Dirk Galski. Ich glaubte zwar nicht, dass ich mir die Namen merken würde, aber was sollte es, sie waren einfach höflich und nett. Und Silke war wirklich ein Feger mit ihren braunen Rehaugen und dem rassigen Gesichtsschnitt. Das war Dirk wohl auch schon aufgefallen, denn mit fast hündischer Ergebenheit blickte er sie immer wieder von der Seite an und fuhr sehr unkonzentriert.

Der Weg von Himmelgeist nach Hellerhof war nicht weit, erst über die Münchener Strasse, eine beliebte innerstädtische Rennstrecke, die dann in die B8 übergeht. Wir stiegen vor einem adretten Einfamilienhaus aus, kleine Vorstadt-Reihenhaus-Idylle, kleiner Garten, kleine Fenster, kleine Gardinen ... irgendwie typisch deutsch und gar nicht so mondän, wie sich Düsseldorf sonst gab. „So was schon mal gemacht?“ fragte ich Silke. „Sie meinen, jemand über den Tod eines Angehörigen informiert? Nein, noch nie“, antwortete sie mit ihrer samtig rauen Stimme. Ein wenig schienen ihre grünen Augen einen sanften Schimmer anzunehmen. Dabei strich sie nachdenklich mit dem kleinen Finger über einen Nasenflügel.

„Dann versuchen sie sich einfach in die Situation der Frau hineinzuversetzen. Sie werden schon spüren was zu tun ist und wann sie eingreifen sollten. Glauben Sie mir, ich mache den Job schon so viele Jahre, aber es fällt mir heute noch schwer.“

Was war nur mit mir los? Warum fing ich an mit einer Kollegin zu balzen, die ich erst ein paar Minuten kannte? Das war wohl der

Hormonstau ...kein Wunder nach 3 Jahren ohne Partnerschaft und lediglich zwei One-Night-Stands, von denen nur ein dicker Kopf und ein schaler Geschmack im Mund zurück geblieben waren. Galski blickte mich auch schon so komisch an, aber ich führte das mehr auf die stille Verehrung für seine Kollegin zurück.

Ich klingelte und hörte eine Kinderstimme, die laut nach „Mama“ rief. Dann wurde der Briefschlitz in der Tür vorgeklappt, es erschienen vier Finger einer Kinderhand und eine helle Stimme fragte: „Ich darf dir nicht aufmachen, du bist ein Fremder. Ich bin Felix. Soll ich meine Mama holen?“ Dann sagte eine weibliche herrische Stimme: „Geh mal da weg, Felix, wie oft soll ich dir noch sagen, dass du nicht an die Tür gehen sollst?“ „Aber ich hab doch gar nicht aufgemacht ...“, kam eine Erwiderung der Kinderstimme, gefolgt von einem Klatschen auf eindeutige Körperteile und dem logischen Geheule in der Folge. Nachdem das Fußgetrappel die Treppe hinauf verklungen war, wurde die Tür endlich geöffnet.

Vor mir stand eine Frau, die ich vom Erscheinungsbild her nur mit einer Schließerin einer Strafanstalt zu Kaiserzeiten assoziieren konnte: fast militärisch streng nach hinten gekämmte, dunkle Haare, zu einem Dutt zusammen gebunden, eine weiße Bluse, grauer enger Rock, schwarze glänzende Pumps ... das einzige Zugeständnis an die Weiblichkeit war das Make-up, welches aber den strengen Eindruck nur noch verstärkte.

„Ja, bitte?“ „Guten Tag, mein Name ist Oberle, Kriminalpolizei Düsseldorf, und dies sind meine Kollegen Krause und Galski. Sind sie Frau Winkler?“

Ein Nicken ... und ein erwartungsvoller Blick waren die einzige Reaktion.
„Ihr Mann ist Josef Winkler?“ Wieder das Nicken, aber dieses Mal kam auch eine verbale Reaktion: „Was ist los? Hat er mal wieder seine Rechnung im Puff nicht bezahlt, das Schwein? Oder ist er wieder zu schnell gefahren? Aber deshalb würden sie nicht zu dritt hier anrücken.“

„Können wir das vielleicht drinnen besprechen?“
Etwas widerwillig bat Frau Winkler uns herein und führte uns ins Wohnzimmer. Krause nahm in ihrer unmittelbaren Nähe Platz, um gegebenenfalls schnell reagieren zu können.

Ich begann: „Frau Winkler, wir müssen ihnen leider mitteilen, dass ihrem Mann etwas zugestoßen ist.“ Sie unterbrach mich direkt: „Hat ihm eine seiner Schlampen den Schwanz abgebissen? Verdient hätte der Dreckskerl das schon lange!“ An ihrem Hals bildeten sich hektische rote Flecken und nervös knetete sie ihre Hände. Ihre Aufregung war wie eine elektrische Spannung spürbar.

„Frau Winkler, bitte ... versuchen sie mir genau zuzuhören. Ihr Mann ist einem Gewaltverbrechen zum Opfer gefallen. Ihr Mann lebt nicht mehr!“

Der Erregung folgte eine völlige Erstarrung. Der Körper versteifte sich, das nun bleiche Gesicht wirkte wächsern und wie gemeißelt. Einige Sekunden saß sie so da, bevor sie erneut das Wort ergriff: „Wie ist das geschehen?“

„Ihr Mann wurde mit einem Messer tödlich verletzt. Aber zunächst einmal möchte ich sie bitten, sich diese Gegenstände anzusehen und mir zu sagen, ob sie diese als Eigentum ihres Mannes wieder erkennen." Ich zeigte ihr einen Autoschlüssel mit einer Diddl-Maus als Anhänger mit dem Schriftzug „Für Papa", eine braune Geldbörse aus Leder sowie ein silbernes Armband mit den eingeprägten Buchstaben „JW". „Ja, die Sachen gehören meinem Mann. Das Armband habe ich ihm letztes Jahr Weihnachten geschenkt und die Diddl-Maus hat er von den Kindern bekommen ... damit sie ihn beschützt, weil er doch immer so viel mit dem Auto unterwegs ist. Er ist im Vertrieb tätig, Pharmazie, hier ganz in der Nähe, bei Schwarz Pharma. Er ... er ist oft die ganze Woche unterwegs, in ganz Deutschland ... wann kann ich ihn sehen?"

„Wir werden es ihnen leider nicht ersparen können, ihren Mann zu identifizieren ... aber nachdem wir seine Papiere haben und sie die Gegenstände erkannt haben, können wir uns damit ein wenig Zeit lassen." Ich dachte dabei auch an Doc und seine Arbeit, so hätte er genug Zeit für die Obduktion und, was mir noch wichtiger war, den Toten so herzurichten, dass ihm wenigstens ein letzter Rest Würde bliebe. „Soll meine Kollegin noch ein wenig bei ihnen bleiben?"

Frau Winkler schien sich wieder fest im Griff zu haben. Sie erhob sich. „Ich glaube nicht, dass das nötig sein wird. Vielen Dank. Ich bringe sie noch zur ..." In diesem Augenblick verdrehte sie die Augen und sank in sich zusammen wie eine Marionette, der man die Fäden durchschnitten hatte.

Ein zweistimmiger Schrei erklang von der Treppe her: „Mama, was macht ihr mit unserer Mama?" Die Kinder standen am Treppenabsatz und starrten die Szene mit aufgerissenen Augen an. Krause ging ruhig auf die Kinder zu, kniete vor ihnen nieder und sagte: „Wir haben eurer Mama gar nichts getan. Wir haben uns nur unterhalten. Aber ich glaube, ihr geht es im Moment nicht so gut und wir werden gleich einen Doktor rufen, damit er ihr hilft. Ist das so in Ordnung für euch?“ Die beiden Zwerge sahen sich mit großen Augen an, der Junge nickte und das Mädchen, welches ein wenig jünger war, schloss sich dem Nicken an. „Soll ich vielleicht ein wenig mit euch beiden oben spielen? Vielleicht zeigt ihr mir ja mal, womit ihr am liebsten spielt ... und lasst mich mitmachen!“ Krause blickte über die Schulter und nickte mir und Galski zu, dass alles in Ordnung gehe. Galski hatte mittlerweile einen Notarzt angefordert und mit mir gemeinsam Frau Winkler auf die Couch gelegt.

Sie kam langsam wieder zu sich: „Was ist passiert? Wo sind meine Kinder? Ich ...“ Bei dem Versuch sich aufzurichten sank sie wieder mit einem Aufstöhnen zurück. „Bleiben sie lieber etwas liegen, Frau Winkler, wir haben schon einen Arzt benachrichtigt. Haben sie vielleicht jemand, der ihnen ein wenig zur Hand gehen kann, eine Nachbarin oder Verwandte, die sich vielleicht ein paar Stunden um die Kinder kümmern kann?“ „Ja, meine Schwester, Linda Molitor, ihre Nummer ist in dem Festnetz Telefon unter der 1 abgespeichert.“ Sie deutete auf den Couchtisch, auf dem ein Telefon lag. Mit einem Nicken bedeutete ich Galski, er solle das übernehmen. Er schnappte sich das Telefon und verzog sich auf die Terrasse.

Es klingelte an der Tür. Als ich öffnete, stand davor bereits der Notarzt mit seinem Koffer. Ich führte ihn ins Wohnzimmer, wo er sich direkt um Frau Winkler kümmerte. Ich hatte dadurch Gelegenheit, mir ein wenig genauer die Wohnverhältnisse anzusehen. Ich bin nun weit davon entfernt, ein Einrichtungsexperte zu sein und ich konnte einen Le Corbusier Schrank kaum von Ikeas Billy Regal unterscheiden, aber hier waren doch Möbel und Einrichtungsgegenstände, die von erlesenem Geschmack zeugten ... und einem entsprechenden Geldbeutel. Sicher war ich nur in einem: so gut ging es den Arzneimittelherstellern nicht, dass sie ihren Vertretern so eine fürstliche Extravaganz ermöglichten. Lebte Familie Winkler vielleicht über ihre Verhältnisse?

Galski trat auf mich zu. „Frau Winklers Schwester ist in einer Viertelstunde da. Sie hat's ja nicht weit von dem Anwesen in Benrath." Anwesen? Hatte ich da was verpasst? Galski schien die unausgesprochene Frage in meinem Gesicht gelesen zu haben: „Molitor ...die Molitor Autohäuser ... sie kennen doch die blöde Werbung im Lokalradio: Pannen kommen nie mehr vor, kaufst du dein Auto bei Molitor."

Natürlich, es hätte direkt bei mir klick machen müssen: die Molitor Familie, Fahrzeughandel in dritter Generation, 14 Filialen in ganz Nordrhein-Westfalen, der alte Molitor war ganz groß bei den Düsseldorfer Jonges und wurde sogar eine Zeit lang als Wirtschaftsminister in NRW gehandelt. Galski hatte recht: wenn die Schwester noch zu Hause wohnte, dann hätte sie es nicht weit von dem Anwesen mit dem parkähnlichen Grundstück schräg gegenüber dem Restaurant Altes Fischerhaus, unmittelbar am Rhein gelegen. Das könnte also auch die Erklärung für das edle Ambiente der Winklers sein.

„Sie werden sicher gleich 'nen Schlag bekommen, wenn sie die Linda sehen. Die war damals schon ein Feger." Heute schien wohl mein blonder Tag zu sein. „Wie meinen sie das nun wieder?“ „Die Linda war in meiner Parallelklasse, damals beim Abi. Hinter der war so gut wie jeder her, die war eine Klasse für sich. Trotz ihres Alten war sie aber weder hochnäsig noch hat sie mit der Kohle angegeben. Meine damalige Freundin war mal zu einer Party bei ihr eingeladen. Die meinte, Linda wäre wohl das schwarze Schaf der Familie. Alle, insbesondere die ältere Schwester, benahmen sich wie Graf Koks von der Gasanstalt, wie mein Opa gesagt hätte. Die heutige Frau Winkler meinte wohl damals, wo ihre Schwester denn „dieses Pack aufgegabelt hätte“. Das wären wohl auch nur die üblichen Schmarotzer.“

In diesem Augenblick trat der Notarzt auf uns zu: „Ich habe ihr etwas zur Beruhigung und zur Stabilisierung des Kreislaufs gespritzt. Am liebsten würde ich sie für eine Nacht mitnehmen, aber ihre Schwester kommt wohl und kümmert sich um sie und die Kinder. Ich bin dann mal weg, wenn noch was sein sollte, bitte sofort anrufen ... sie ist nämlich im 4. Monat schwanger, also ist Vorsicht geboten.“

Na klasse, eine schwangere arrogante höhere Tochter, deren Mann in Frauenkleidung ermordet worden ist ... weniger ging wohl nicht.

Die Haustür öffnete sich und mir war sofort klar, was Galski gemeint hatte: das Haus betrat eine Frau von Mitte 20, die in sich wohl so ziemlich jede Männerfantasie vereinigte – lange blonde Mähne, ein Gesicht wie eine Madonna, knapp 1,70 groß, volle feste Brüste in ein einem knappen T-Shirt mit V-Ausschnitt, ein Knackpo in einer schwarzen Jeans. Das Einzige, was sie mit ihrer Schwester gemeinsam hatte, waren die strahlenden grünen Katzenaugen.

„Guten Tag, meine Herren, mein Name ist Linda Molitor, können sie mir bitte sagen, was passiert ist? Ein Herr Galski hatte mich angerufen und mich gebeten herzukommen, meine Schwester bräuchte mich.“ „Ja, das war ich“, drängte Galski sich vor, „danke, dass du so schnell kommen konntest. Vielleicht erinnerst du dich ja noch an mich, Dirk Galski, wir haben gemeinsam das Abitur gemacht, in Meerbusch Büderich.“

Sie runzelte die Stirn und schien zu überlegen, während ich den jungen Beamten in die Rippen stieß. Als ob die Frau jetzt nichts anderes im Kopf hätte als Jugendsünden auszutauschen. Da hellte sich ihr Gesicht auf und sie nickte: „Klar, Dirk, du warst damals doch mit der Sandra aus Neuss zusammen, die hatte doch als Erste von uns ein Bauchnabelpiercing ... grüß dich“, lächelte sie und reichte ihm die Hand.

Ich entschloss mich, die traute Zweisamkeit zu unterbrechen, denn ich befürchtete, sonst würden sie sich gleich Händchen haltend auf einen Kaffee in die Küche zurückziehen. „Guten Tag, Frau Molitor, mein Name ist Hauptkomissar Oberle, Kriminalpolizei Düsseldorf. Ihr Schwager, Herr Winkler, hat ... nun, sagen wir mal, einen Unfall gehabt (Was redete ich nur für einen Blödsinn!). Wir haben sie hergebeten, damit sie sich ein wenig um ihre Schwester und die Kinder kümmern können ... und gleichzeitig habe ich die Hoffnung, dass sie uns ein paar Fragen beantworten können, bis ihre Schwester wieder so stabil ist, dass wir auch sie befragen können.“

Sie grinste mich verschmitzt an: „Einen interessanten Vornamen haben sie ... Hauptkommissar ... sie brauchen bestimmt lange, um Schecks zu unterschreiben.“ Galski drehte sich glucksend um und ich musste wohl wie ein Volltrottel dreingeschaut haben. „Aber entschuldigen sie die Albernheit, Herr Oberle, ich bin heute einfach zu gut gelaunt. Was hat Josef nun angestellt? Zu schnell durch den Rheinufertunnel oder hat er den Dienstwagen des Oberbürgermeisters gerammt?“

Ich blickte sie ernst an. „Josef Winkler ist einem Gewaltverbrechen zum Opfer gefallen. Er wurde vergangene Nacht im Park von Schloss Mickeln in Himmelgeist ermordet. Und die Rahmenumstände seines Todes waren, nun, sagen wir einmal, ein wenig … bizarr …“

Jegliche Fröhlichkeit war aus dem schönen Gesicht gewichen, es war voller Schmerz und Trauer, voller Mitleid und Sorge. Es erinnerte mich an Bilder aus Kirchenfenstern, die ich einmal in Südfrankreich gesehen hatte: eine weinende Maria Magdalena, die um Jesus am Kreuz trauert und gleichzeitig so viel Liebe ausstrahlt, dass eine Aura ihr Haupt umgibt. Sie zeigte wesentlich mehr Gefühl, als es normalerweise eine Frau für ihren Schwager aufbringt, aber auch in jedem Falle mehr Emotionen, als die Ehefrau des Toten an den Tag gelegt hatte. Ich befürchtete, dieser Fall würde zu einem gefühlsmäßigen Sumpf werden … und ich konnte nicht ahnen, wie tief ich selbst in diesem Morast versinken würde.

Leise klangen Linda Molitors Worte an mein Ohr: „Dann ist es also doch passiert, ich habe ihn so oft gewarnt. Aber er wollte nicht hören und sagte immer nur: lass mir doch dieses letzte kleine bisschen Freiheit in meinem goldenen Käfig! Ich stelle mal eine Vermutung an: Josy war als Frau verkleidet, als sie ihn gefunden haben.“

Sie saß vor mir auf einem Sessel und hob ihren Blick zu mir. Das Gesicht war tränennass und die Schminke war verlaufen, sodass ihr Aussehen wie das des Jokers in einem Batman-Film war. Galski und ich sahen uns verwundert an, woher konnte sie dieses Detail wissen? War ihr Winklers Vorliebe bekannt? Bevor ich eine Frage stellen konnte, machte uns Linda Molitor einen Vorschlag: „Meine Herren, ich würde mich jetzt gerne um meine Schwester und die Kinder kümmern. Wenn es ihnen recht ist, besuchen sie mich heute Nachmittag um 16 Uhr zu Hause. Ich wohne noch bei meinen Eltern, die Adresse ist Am alten Rhein in Benrath, Dirk kennt sicher noch das Haus. Dann werden sie sicher einiges besser verstehen und haben einen besseren Überblick über unsere ach so tolle Familie."

Ich überlegte kurz und stimmte dem Vorschlag zu. Keine Minute zu früh, denn jetzt kam Krause mit den beiden Kindern die Treppe herab. Sie waren quengelig und stürzten sich mit einem Freudenschrei auf ihre Tante. Die ging in die Hocke, empfing sie mit weit offenen Armen und hob sie hoch. „Na, ihr Mäuse, geht es euch gut? Wollen wir zu Mama ins Wohnzimmer gehen? Dann seht ihr, dass es ihr wieder gut geht und wenn ihr schön brav seid, mache ich euch gleich Fischstäbchen zu Mittag." Der Vorschlag wurde begeistert angenommen und sie zogen ab, ohne uns einen weiteren Blick zu schenken.

„Ich denke, wir sind hier fertig, oder?", fragte Krause. „Sollen wir sie ins Präsidium fahren?" „Das wäre nicht schlecht, sonst denkt mein Kollege, er müsse die Recherchearbeit ganz alleine machen."

Kapitel 2

Jupp Schmitz hatte sich nach einer kurzen Besprechung mit den Kollegen von der KTU auf den Weg ins Präsidium gemacht. Immer wieder faszinierte ihn dieser alte Bau, dessen Aussehen an die Entwürfe des braunen Chefarchitekten Speer erinnerte, wie so einiges andere in Düsseldorf auch, die Tonhalle oder der Ehrenhof am Joseph-Beuys-Ufer ... wobei kaum eines der Gebäude aus der NS-Zeit stammte.

Im dritten Stock des Westflügels waren die Kollegen von der „Sitte“ untergebracht, etwas ärmlich von der Einrichtung her, aber nicht minder engagiert als ihre Kollegen vom Dezernat Tötungsdelikte. Deren Chef, Hagen Reder, saß mit zweien seiner Leute zusammen und begrüßte Schmitz herzlich: „Na, Jupp, kommst du deine Schulden bezahlen oder wollt ihr Jungs vom 11. K eine Revanche? Wir könnten daraus auch mal ein Kegelwochenende an der Mosel machen.“ „Schulden? Isch weiß nix von Schulden. Isch han immer minge Partie jewonne. Aber im Ernst: wir bräuchten mal eure Hilfe, Kollegen!“ „Vergiss es, Jupp, wir sind selbst absolut knapp, ich kann dir keinen meiner Leute abtreten“, fiel ihm Reder ins Wort. „Darum geht's doch gar nicht. Wir haben da einen neuen Fall und es würde uns sicher leichter fallen, ihn anzugehen, wenn wir von euch ein wenig Hintergrundinfo bekämen. Wir hatten heute Morgen einen Toten, ziemlich bestialisch abgeschlachtet. Es handelt sich um einen Transvestiten und ich wüsste gerne, ob es neben den üblichen bekannten Klappen im Hofgarten noch andere klassische Treffpunkte in der Szene gibt.“

„Meinst du jetzt allgemein in der Schwulenszene oder speziell für Transen?“ „Nee, wenn schon, dann die speziellen Treffpunkte.“ „Na, dann haben wir in jedem Fall die klassischen Autobahnparkplätze, z.B. an der A59 in Höhe von Monheim. Gelegentlich gibt's auch ein paar ganz Wagemutige, die auf Zuschauer stehen, die treffen sich dann auf dem Parkplatz hinter der Orangerie von Schloss Benrath. Das geht aber nur in den Abendstunden, früher würden sie von marodierenden Müttern mit ihren Handtaschen oder Tupperdosen erschlagen. Neuerdings ist auch der Parkplatz in Himmelgeist sehr beliebt, da bleibt man im Auto oder verzieht sich bei gutem Wetter in den Park von Schloss Mickeln, da ist wenig los und man ist ungestört! Ansonsten finden Dates eher in privatem Rahmen oder in Clubs statt, für die man dann eben auch mal ein wenig weiter fahren muss, z.B. das „Big Bamboo“ in Koblenz, den „Reitstall“ in Bochum oder das „Beverly“ bei Schloss Burg in Solingen.“ Reder sagte das in einem tuckigen Slang, der wohl die Stimmlage von Transen imitieren sollte. „Allerdings gibt es auch die Gruppe transidentischer Menschen, die nicht einen Fetisch ausleben, sondern im „falschen Körper stecken. Die haben eine Art Stammtisch gegründet und treffen sich einmal in der Woche im Café „Sündenfall“ in Derendorf auf der Münsterstrasse. Die können euch am ehesten weiterhelfen, wenn ihr in die Recherche einsteigen wollt, da sich bei denen auch viele der Fetisch-Fans orientieren.“

„Jut, danke euch, das hilft schon mal weiter. Das ist genau das Richtige für Obelix, der kann sich mal bei DENEN umschauen. Ihr scheint ja richtig Ahnung von eurem Job zu haben … mehr jedenfalls als vom Kegeln!“, grinste Jupp und schaffte es gerade noch durch die Tür zu entwischen, gegen die unmittelbar Kugelschreiber und Radiergummis flogen. Zufrieden pfeifend ging er in sein Büro und fing mit dem Bericht an. Oberle würde ja auch bald da sein und da wäre es gut, wenn er schon ein wenig Drecksarbeit gemacht hätte, damit Oberle den Job in dem Transen-Treff, wie er ihn abfällig nannte, übernahm.

Er war beinahe fertig, da öffnete sich die Tür und ich trat ein. „Hallo, Micha, ich bin fast fertig mit dem Bericht. Ruprecht hat angerufen, er wird wohl morgen früh komplett fertig sein, aber wir können ihn heute am frühen Abend schon mal besuchen und uns ein wenig „Futter" abholen."

„Das passt perfekt. Wir treffen uns heute um 16 Uhr mit der Schwester von Frau Winkler, die wird uns einiges an Hintergrundinfos liefern. Davor sind wir bei Familie Molitor, die Schwester kümmert sich um die Kinder und wir fahren zu dritt zu Ruprecht." Jupps fragenden Blick deutend, erklärte ich: „Die Witwe ist eine geborene Molitor, das sagt dir als Rheinländer vermutlich was. Und die Schwester weiß um die Neigung von Winkler." „Molitor … klar, der Autofritze, soll geschäftlich ein eiskalter Hund sein, bei den „Jonges" ist er jedenfalls ein Baas, für Zugereiste einer der Bosse. 15 Uhr sagst du? Dann bleibt uns ja gerade noch Zeit, ein Häppchen zu essen, komm, die Kantine macht gleich dicht." Er schnappte sich seine Jacke und drängte mich zur Tür hinaus. Wenn es ums Essen ging, war Jupp nicht zu bremsen … und im Gegensatz zu mir schlug es bei ihm kaum an. Der Kerl fraß so wie ich aussah, es ging einfach nicht gerecht in der Welt zu.

Eine halbe Stunde und ein halbes Hähnchen mit Pommes rotweiß später (zumindest für Jupp, ich begnügte mich mit einem Käsebrötchen), saßen wir im Wagen auf dem Weg zu Familie Molitor.

Wir fuhren durch das mittlerweile durchgestylte Bilk, welches durch das gigantische Einkaufszentrum am neu gestalteten Bilker Bahnhof noch interessanter für die Bürger sein sollte ... und welches trotzdem seit Monaten über Leerstand und zu geringe Kundenfrequenz klagte. Ich fuhr während der Fahrt mit meiner Beschreibung der Ereignisse im Hause Winkler fort, damit Jupp für das anstehende Gespräch vorbereitet war.

Wir hielten vor der Zufahrt zum Grundstück und Jupp klingelte an der Gegensprechanlage. „Hauptkommissar Schmitz und Hauptkommissar Oberle für Frau Linda Molitor", meldete er sich auf das kaum verständliche „Sie wünschen". Das Tor schwang auf und gab den Weg frei durch einen Park mit altem Baumbestand und Rosenhecken. Molitor hatte dieses Gelände gewiss mit Bedacht ausgewählt, um Besucher zu beeindrucken oder einzuschüchtern ... was ihm zweifelsfrei auch gelang.

Wir erreichten das Haus, das sich in voller Pracht präsentierte: hohe weiße Fenster, Stuckornamente an Fenstern und Türen, der Eingang von Säulen umrahmt, es wirkte wie ein Landsitz in einem Jane-Austen-Roman. Um dem Ganzen die Krone aufzusetzen, wurden wir an der Tür von einer Frau mittleren Alters erwartet, in schwarz gekleidet und mit einem weißen Servierschürzchen und dem unvermeidlichen weißen Häubchen ausgestattet. „Fräulein Molitor erwartet die Herren in der Bibliothek." Mein Gott, bin ich in einer Doku um Konrad Adenauer gelandet oder ist dies eines dieser Zeitreise-Experimente des Fernsehens, schoss es mir durch den Kopf. Wir wurden von der Mamsell in einen Raum voller Bücherregale und schwerer englischer Ledermöbel geleitet. Dort erwartete uns Linda Molitor, in einem dunkelgrünen Wollkleid, welches ihre Figur noch mehr unterstrich. Nach den Begrüßungsfloskeln und der Vorstellung meines Kollegen nahmen wir Platz, bekamen einen Kaffee gereicht und dann begann die blonde Schönheit: "Zunächst möchte ich mich bei ihnen für ihre Rücksichtnahme bedanken, meine Herren. Meiner Schwester Sylvia geht es wieder etwas besser und sie wird sie gleich nach unserem Gespräch begleiten. Ich nehme mal an, sie wird Josef selbst identifizieren müssen. Sie ist für die nächsten Tage erst einmal hier bei mir und meinen Eltern eingezogen, damit wir sie besser unterstützen können." Sie nahm einen Schluck Kaffee und betrachtete dabei über den Tassenrand Jupp und mich nachdenklich.

„So, und nun geht's ans Eingemachte, wie man so schön sagt. Dazu muss ich allerdings etwas weiter ausholen: meine Schwester Sylvia ist vier Jahre älter als ich und wurde von Anfang an als Kronprinzessin gehandelt und auf die Übernahme der Firma vorbereitet. Ich hingegen verbrachte ein Leben auf der Reservebank. Aber irgendwann, wie bei einem Dampfkessel, der den übergroßen Druck nicht mehr halten kann, platzte es aus meiner Schwester heraus. Hals über Kopf verschwand sie nach Ibiza und tobte sich nach Strich und Faden aus. Dabei lernte sie Josef kennen. Er sah gut aus, war charmant, weltgewandt und gab ihr vor allem das Gefühl, dass SIE als Person wichtig sei und sie von ihm unter keinerlei Druck gesetzt wurde. Die Beiden verliebten sich Hals über Kopf ineinander und heirateten heimlich noch vor Ort in einer kleinen Kapelle. Einmal zurückgekehrt, wurden meine Eltern vor vollendete Tatsachen gestellt. Sie hätten mal meinen Vater erleben sollen, unser Personal behauptete, man hätte sie noch in Urdenbach am nächsten Tag beim Einkaufen auf den Krach angesprochen. Der „stählerne Gustav", wie er genannt wird, spuckte Gift und Galle, schrie von Enterben und stand kurz davor, handgreiflich zu werden. Josef stellte sich da schützend vor Sylvia und nun bekam ER die geballte Wucht der Enttäuschung meines Vaters ab. Er wäre doch nur ein Emporkömmling und wolle sich ins gemachte Nest setzen, dass er sich da aber in den Finger geschnitten hätte. Ein Außenstehender hätte den Eindruck gehabt, Kaiserin Sissi wäre von einem Bauern aus Friesland geschwängert worden, solche Standesdünkel kamen da zu Tage ... und das, meine Herren, in der heutigen Zeit! Denn genau das machte die Sache für meinen Vater noch unerträglicher: Sylvia war schwanger.

Ich selbst war stille Zeugin dieser Ereignisse und konnte Josef nur bewundern, wie er mit dieser Situation fertig wurde. Er meinte, er wäre meinem Vater gerne dabei behilflich, den Schritt ins 21. Jahrhundert zu machen, aber dazu wäre es zunächst nötig zu akzeptieren, dass er, Josef, Sylvia nicht als Zufallsbekanntschaft betrachte, sondern als die Frau, mit der er den Rest seines Lebens verbringen wolle. Er sähe auch keinen Bedarf an wirtschaftlicher Unterstützung durch den Herrn Schwiegervater, da er selbst einen guten Job habe und seine Familie sehr gut versorgen könne, auch wenn sie noch größer würde. Meine Mutter spielte währenddessen wieder einmal das Leiden Christi und versuchte gelegentlich den Prinzipal zu besänftigen, natürlich erfolglos, wie in den Jahren vorher auch.

Meinen Eltern blieb also nichts anderes übrig als gute Miene zum vermeintlich bösen Spiel zu machen. Innerhalb von vier Wochen wurde eine kirchliche Trauung nachgeholt, mit allem Pomp versteht sich, denn man musste ja seinem gesellschaftlichen Rang entsprechend auch den Schwiegersohn in die „Gesellschaft" einführen. Josef schlug sich wacker und wir freundeten uns in dieser

Zeit an. Er war so erfrischend normal im Vergleich zu den Kronprinzen, die meine Eltern für Sylvia und mich vorgesehen hatten.

Sylvia zog zu Josef in sein Haus und sie machten es sich dort gemütlich. Jedoch ... meine Schwester ist eine echte Molitor, in des Wortes bestem Sinne, und so kamen bald die Wesenszüge bei ihr durch, die mir seit Jahren das Leben mit ihr schwer und aus dieser schönen Frau ein eiskaltes Biest machten. Josef war beruflich viel unterwegs. Das war meinem Vater sehr recht. So konnte er weiterhin in zeitlich großem Rahmen Einfluss auf Sylvia nehmen. Diese Möglichkeit wurde mit entsprechenden Geldgeschenken und anderen Zuwendungen belohnt, so ganz im Sinne meiner Schwester. Es wurde ein Innenarchitekt beauftragt, das Haus umzugestalten und ihm den entsprechenden Schliff für eine Molitor zu geben. Das Ganze natürlich ohne Absprache mit Josef. Der ließ Sylvia zunächst gewähren, was vielleicht sein größter Fehler war. Er war so verdammt harmoniesüchtig. Und als er dann aufbegehren wollte, bekam er die Schattenseiten meiner Schwester zu Gesicht. Sie wurde launisch, zänkisch, strafte ihn mit Liebesentzug, sowohl körperlich als auch seelisch, und er litt wie ein Hund darunter. Ich glaube, Josy war der einzige Mensch, der Sylvia bedingungslos geliebt hat. Er hoffte, durch das Kind würde sich die Situation wieder normalisieren.

Das Gegenteil war der Fall. Meine Schwester empfand den kleinen Lars nur als Belastung und Einschränkung ihrer persönlichen Freiheit. Die Versorgung und Erziehung fand durch eigens eingestelltes Personal statt. Erst als Sylvia Überlegungen anstellte, ein Internat zu suchen, das auch Kleinkinder aufnahm, begehrte mein Schwager auf. Meine Schwester war mit der kleinen Lilli im sechsten

Monat schwanger, als dieses Thema aufkam. Es kam zur ersten Auseinandersetzung zwischen den Beiden, bei der Josef nicht klein beigab. Als Sylvia die übliche Drohung anwandte, zu unseren Eltern ziehen zu wollen, meinte er nur: warte einen Augenblick, ich packe deine Tasche ... aber der Junge bleibt hier! Er wollte ihr und unserem Vater das einzige Druckmittel nehmen, das die Molitors gegen ihn besaßen. Denn von Liebe war zwischen den Beiden schon lange nicht mehr die Rede. Der stählerne Gustav hatte schon große Pläne mit Lars, der noch nicht einmal drei Jahre alt war. Auch wenn er nur der Sohn von „dem Vertreter“ war, so war er doch ein potentieller Nachfolger. Da machte es auch nichts, dass ICH zur Sicherheit mein Architekturstudium abbrechen musste und quasi als stille Reserve gezwungen wurde, Betriebswirtschaft zu studieren. Sie fragen sich sicher, wie man mich zwingen konnte – das frage ich mich heute auch, aber die finanzielle Sicherheit war damals wohl das ausschlaggebende Argument. Ich bin wahrhaftig nicht stolz auf mein Verhalten.“

Sie atmete schwer und klingelte nach der Mamsell, um einen Cognac zu ordern. Das Gespräch nahm sie offensichtlich sehr mit, wer weiß, ob sie überhaupt jemals diese Geschichte komplett erzählt hatte. Wir hatten zwar noch nichts gehört, was für den Fall direkt relevant gewesen wäre, aber es wäre falsch gewesen, sie zu unterbrechen.

Linda stürzte den Cognac herunter und ließ sich direkt noch einen einschenken. Ihr Blick wanderte wieder in eine andere, nur ihr gehörende Welt, als sie zu sprechen begann: „Am späten Abend dieses denkwürdigen Tages klingelte mein Handy. Josef war dran und er schien verzweifelt. Er bat mich zu sich nach Hause und dort erfuhr ich zum ersten Mal SEINE Sicht der Dinge. Ich kannte ja bisher nur die Molitor-Meinung, bei der ich aber gewohnt war, Abstriche zu machen. Wir unterhielten uns bis in die frühen Morgenstunden, Lars schlief oben in seinem Bett, Sylvia war zu meinen Eltern gefahren.

Ich ahne, was sie denken, Herr Oberle, Herr Schmitz ... und ... ja, von mir aus wäre es passiert. Ich wollte diesen wunderbaren Mann einfach trösten und ihm ein wenig körperliche Nähe geben, die er so sehr vermisste. Ich gab das Josef auch deutlich zu verstehen, aber er umarmte mich und meinte: du bist eine wunderbare Frau, Linda, aber ich liebe Sylvia, noch immer und trotz allem, und ich gebe die Hoffnung nicht auf, dass es einmal besser wird. Aber noch viel wichtiger ist mir folgendes: du bist eine gute Freundin geworden, der ich vertraue ... und das setze ich für eine sicher wunderbare Nacht nicht aufs Spiel. Ich gebe allerdings zu, dass mich dieses Fehlen von Nähe und ... ja, auch von Sex, fast um den Verstand bringt."

In ihren schönen Augen standen Tränen. Ich kämpfte gegen den Drang an, ihre Hände zu ergreifen und sie zu streicheln. Jupp fragte kaltschnäuzig, ob man hier rauchen dürfe. Er besaß manchmal kein Gespür für Situationen ... dachte ich, dabei wusste ich doch ganz genau, wie gut er mich kannte und mich auf seine Art aus diesem emotionalen Strudel herausriss. Ich lief Gefahr, auch noch den letzten Rest an objektiver Sicht zu verlieren, ein absolutes Tabu für einen Ermittler.

Linda Molitor räusperte sich und fuhr fort: „So saßen wir Stunde um Stunde zusammen und kehrten unser Innerstes nach außen. Es war bei Josy wie ein Dammbruch. Und in den frühen Morgenstunden gestand er mir eine Neigung, die ihm nun zum Verhängnis wurde: er machte sich gerne als Frau zurecht. Es soll schon in der Kindheit begonnen haben, wie so oft, das Anprobieren der Kleidung der Mutter, in der Pubertät kam eine Phase des sich selbst Ausprobieren hinzu, mit Auftritten auf Kleinkunstbühnen für Laien, später im Beruf dann auf Betriebsfesten seine Imitationen von Marianne Rosenberg oder Barbara Streisand, deren Stimmen er sogar täuschend echt nachmachen konnte. Er verbesserte immer mehr sein Make-up, sorgte für eine entsprechende Garderobe und wagte sich nachts dann das erste Mal so aufgetakelt auf einen Autobahnparkplatz. Er wollte einfach seine Wirkung testen und, wie er sagte, schlug er ein wie eine Bombe. Wenn er gewollt hätte, wären sicher mehrere Kerle zu ihm ins Auto gestiegen. Aber so weit war er noch nicht. Es begann die Zeit der Suche im Internet, in Foren, Chat Rooms, Kontaktbörsen. Er entwickelte immer mehr Selbstvertrauen, ging gestylt zu Drag-Queen-Events und wurde immer lockerer - bis ihn das erste Mal ein Mann umarmte und leidenschaftlich küsste. Dies geschah bei einem Auftritt im Café „Sündenfall“, einem Szenetreff für Transgender. Seine erste Reaktion war: ich bin doch nicht schwul, ich stehe auf Frauen und bewies sich das noch in derselben Nacht. Er schleppte eine der angeschickerten Frauen, die ihm nach seiner Darbietung zugejubelt hatten, nach Hause ab und vögelte die ganze Nacht mit ihr durch.

Das Dumme dabei war nur, dass er dabei ständig den Kerl vor Augen hatte, der ihn geküsst hatte und vor allem, wie erregt er bei der Erinnerung daran wurde. Er wurde grüblerisch, vermied es, sich, wie so oft, abends zu Hause zu stylen und durch sein Haus zu laufen und merkte schließlich, dass er diesen Drang, diese Neugier, nicht mehr lange unterdrücken können würde. Auf einer Fetisch-Party des Internetportals „Trans-Mutation-Germany.de“ flirtete er sehr lange mit einem Mann, der ihn mit zu sich nach Hause nahm und mit dem er sein erstes sexuelles Erlebnis mit einem Mann hatte. Josef hatte Glück: er traf auf einen erfahrenen Mann, der wusste, wie er mit einem Neuling umgehen musste und so wurde diese Nacht zu einem unvergleichlichen Erlebnis. Josef beschrieb es mir damals in etwa so: es war, als ob ich mein Leben lang nur auf diesen einen Augenblick gewartet hätte, es war alles so richtig, so gut, so unbeschreiblich schön ... und geil. Danach wurde der Spitzname Josy zum Namen seiner zweiten Identität, als Josy lebte er seine Lust gelegentlich aus, ohne jedoch auf Kontakt mit Frauen zu verzichten. Josy war immer reizvolle, prickelnde Ergänzung seiner Sexualität, nie ein Ersatz oder der Beginn eines neuen Lebenskonzeptes.

Zum Glück ging er den Weg nie allein, denn er hatte im Café „Sündenfall“ Freundschaft mit einer Transsexuellen geschlossen, Sarah. Sie half ihm, sich zu orientieren, gab ihm Verhaltenstipps, coverte ihn bei Erstdates.“

Mein Blick schien ein einziges Fragezeichen zu sein. Ich hatte mir mittlerweile einige Begriffe notiert, die ich nicht verstand: „Damit ich überhaupt noch mitkomme, Frau Molitor, was genau bedeuten die Begriffe Transident, Transgender oder covern?“

Sie lächelte: „Ach ja, sie haben Recht, der Szene-Slang. Also: Transident bedeutet sinngemäß, dass ein Mensch sich im falschen Körper befindet, z.B. jemand mit den körperlichen Merkmalen eines Mannes, aber dem sicheren Empfinden und Bewusstsein, eine Frau zu sein. Der Transgender ist quasi ein Wanderer zwischen den Welten, bei meinem Beispiel also nicht mehr ganz Mann und noch nicht ganz Frau. Dann gibt es noch die Transvestiten, wie Josef, denen es reicht, sich quasi als Frau zu verkleiden, das schließt nicht zwangsläufig auch sexuelle Kontakte zum eigenen Geschlecht ein. Eine spezielle Form ist hier der DWT, der Damenwäscheträger: im Gegensatz zum Transvestiten, der eine möglichst perfekte zeitlich begrenzte Verwandlung in eine Frau anstrebt, reicht es diesem aus, in der Regel Damenunterwäsche zu tragen, quasi als Fetisch. Das kann schon mal komische Formen annehmen, Vollbartträger in Strapsen oder verhinderte Schwarzeneggers im Korsett.

Und jetzt das Covern, das ist eine Sicherheitsmaßnahme: wenn man ein erstes Date mit einem Unbekannten hat, schaltet man eine Person seines Vertrauens ein. Diese erhält dann möglichst viele Informationen über die andere Person: Telefonnummer, Ort des Treffpunktes, Uhrzeit, falls bekannt, Fahrzeugnummer und –typ des Anderen. Dann werden feste Uhrzeiten ausgemacht, zu denen der Gecoverte seinen „Schutzengel“ anrufen muss. Für das Telefonat werden möglichst universelle Codeworte vereinbart, die in einem solchen Telefonat durchaus wahrscheinlich sind, dem Empfänger aber klar die Situation beschreiben. Ein Beispiel: ich treffe mich mit ihnen, Herr Oberle, und Herr Schmitz covert sie. Sie treffen sich mit mir um 18 Uhr. Sie haben vereinbart, dass sie um 19 Uhr bei Herrn Schmitz den ersten Anruf machen, weil sie da vermutlich das erste Eis gebrochen haben und vielleicht schon die erste Zigarette „danach“ rauchen. Ihr Text am Telefon könnte lauten: Es ist einfach klasse mit ihr, sie ist sensationell. Das bedeutet für Herrn Schmitz, es ist alles o.k. Wenn sie aber sagen: es ist wirklich wunderschön mit ihr, heißt das höchster Alarm, Rotlicht, die Kavallerie muss anrücken. Und dann macht sich Herr Schmitz entweder selbst auf den Weg oder ruft die Polizei … Quatsch, das sind sie ja selbst!“

Mit großen Augen starrten Jupp und ich sie an. Was für eine bizarre Welt! Mein Kollege konnte nicht anders und fragte: „Sie kennen sich aber verdammt gut aus damit. Woher wissen sie so viel darüber?“

„Warum? Weil Josef mich zwei Mal zu Partys mitgenommen hat … und weil ich seit Jahren bekennende SM’lerin bin!“

Kapitel 3

Er startete seinen PC und nach wenigen Sekunden erklang die vertraute Fanfare, die besagte, dass der Rechner bereit sei. In den Autostart hatte er ein Programm gepackt, welches unmittelbar beim Anmelden im Internet sein Verwirrspiel begann, indem es seine IP-Adresse, quasi seinen Internet-Personalausweis, verschleierte und durch ständig wechselnde Serversprünge in verschiedenen Kontinenten seine Herkunft unbekannt machte.

So konnte er unerkannt bzw. nicht rückverfolgbar seinen Interessen nachgehen. Diese lagen jedoch nicht im offensichtlich kriminellen Bereich wie die der unzähligen Hacker, Bankbetrüger oder Pädophilen. Ihm ging es mehr um Kontaktanbahnung, Ausforschung, Bewertung und Entscheidung. Also gab er die Adresse einer der vielen Kontaktbörsen ein, bei denen er sich angemeldet hatte. Mittlerweile waren es so viele, dass er eine Liste der Mitgliedsnamen und Passwörter anlegen musste. Blinkend öffnete sich die Startseite, ein Zeichen, dass in der Zwischenzeit eine Nachricht für ihn eingetroffen war. Er öffnete sie:

-hey, geiles pic, willste ficken-

Er betätigte die Schaltfläche „Löschen“, auf diese Art von Nachrichten reagierte er nicht mehr, alles nur Tastenwichser und Netzerotiker. Die nächste Nachricht:

-denkst du über eine penisverlängerung nach? Dann gehe auf „longingforcock.us“-

Mist, schon wieder ein Typ, der diese Community mit seiner Werbung zumüllt und doch nur bescheißt. LÖSCHEN

-hallo und guten tag, hier ist lothar aus düsseldorf, ich bin beim surfen über dein profil gestolpert. deine neigungen finde ich sehr interessant, da sie sich mit meinen decken – schau dir mein profil an und melde dich, wenn du neugierig geworden bist. vielleicht finden wir so viele gemeinsamkeiten, dass es für ein reales date reicht. Lg lothar-

Das las sich zumindest mal anders als der übliche Kram hier. Er rief das Profil des Absenders auf. Das Foto war zwar nett aber nichts sagend, ein nackter Männeroberkörper, durchtrainiert, vor einer untergehenden Sonne, an irgendeinem Gewässer: Hawaii, Miami Beach oder Unterbacher Südstrand. Dann schauen wir mal die persönlichen Daten nach: 36 Jahre, 1,85 m groß, schlank, muskulös, Nichtraucher, alleinstehend. Jetzt die Neigungen, was mag er denn? OV a/p, AV a, Dirty Talk, leichtes Spanken, Damenwäsche beim Gegenüber, Vanilla, CBT, TT, immer safe. Gar nicht so schlecht. Er spürte dieses angenehme Kribbeln, das sich seinen Rücken hinab zu seinen Lenden schlich. Man könnte ja mal antworten und sehen, was sich so daraus ergibt. Also tippte er eine Antwort:

-hallo, lothar, hier ist doreen. danke für deine nette nachricht. ich bin ein devotes, kleines schwanzmädchen, das noch ganz am anfang steht. ich finde dein profil ganz süß und könnte mir vorstellen, dass wir eine menge spaß miteinander haben könnten, bist du denn besuchbar?- SENDEN

Wie lange war es her, dass er das erste Mal im Internet auf eine Kontaktbörse mit dem Schwerpunkt Transvestiten gestoßen war? Bestimmt drei Jahre, und es hatte lange gedauert, bis er den Internet-Slang übersetzen konnte: OV a/p bedeutete Oralverkehr aktiv und passiv, AV Analverkehr, Dirty Talk war das gegenseitige Anheizen durch Schimpfworte und Gossensprache, unter Spank verstand man vorrangig Arschversohlen, meist mit der bloßen Hand, Vanilla war der Begriff für Sex, wie ihn die Stinos, die Stinknormalen, praktizierten, CBT stand für Cock-Ball-Torture, also Techniken, bei denen dem Penis und den Hoden mit dem Ziel des Lustgewinns Schmerzen zugefügt wurden, durch Abbinden, Schläge, etc. TT letztlich war Tit Torture, also Spiele an den Brustwarzen, die sowohl sehr sanft mit Fingern, Zunge und Zähnen ausgeführt werden konnten, aber auch sehr hart mit Hilfe von Klammern, Nadeln und Ähnlichem ausgeübt wurden.

Doreen hörte ein PING, das Zeichen, dass eine Nachricht eingetroffen sei. Von Lothar, das ging aber schnell.

-hallo, doreen, kleine maus. danke, dass du so schnell geantwortet hast. Schön, dass dir mein profil auch zusagt, aber leider bin ich nicht besuchbar, ich wohne in einer wg, da wäre es sehr schwierig mit einem ungestörten treffen. lass uns doch ein wenig länger chatten, damit wir einander besser kennen lernen, vielleicht treffen wir uns dann mal outdoor an einem neutralen ort.

Schade, keine Treffmöglichkeit ... aber er klang nett und kultivierter als die meisten hier.

-klar, das würde auch gehen. hast du icq? da ist das chatten angenehmer, mein nick lautet tv-doreen-luder, ich bin gerade online
- prima, ich bin auch da angemeldet, lord-lothar wird dich gleich anschreiben

Ein ICQ-Chatfenster klappte auf seinem Bildschirm auf und es entspann sich folgender Online-Dialog:

-hallo doreen mein püppchen, stimmt es, dass du erst 22 bist? da ist es ja kein wunder, dass du noch unerfahren bist
-unerfahren ja, aber sehr neugierig und lernwillig, hihi
-soso, was möchtest du denn gerne lernen?
-wie ich meinem daddy gefallen kann, sodass er mit mir zufrieden ist. und wenn ich mal was falsch gemacht habe, dann soll er mich auch bestrafen
-bestrafen? wie denn?
-na, wie sich das bei einem unartigen mädchen gehört, er soll mich übers knie legen und mir meinen knackarsch versohlen
-na daran soll es nicht liegen, so ein kleines naives dummchen wird eh viel mist bauen, und sei sicher, dann wirst du meine harte hand kennen lernen. hast du denn ein foto, auf dem man ein wenig mehr von dir sieht?
-klar hab ich das, aber erst will ich ein face pic von meinem daddy sehen ... und in jedem falle will ich vor einem date mit dir telefonieren
-gib mir mal ne mail-addi, ich schick dir was

Kurze Zeit später erschien im Chatfenster der Hinweis, dass Lord-Lothar ein Bild schicken würde. Er klickte auf „Annehmen“ und es öffnete sich ein Foto: ein sehr attraktiver Mann, das angegebene Alter könnte stimmen, tolle Figur, sympathisches Lächeln, da kam ein weiteres Foto an. Dies war in der Darstellung eindeutig: ein erregierter Penis, rasiert, beschnitten, leicht glänzend an der Eichel.

Er wurde immer erregter. Leicht zuckten seine Hoden und sein Schwanz begann anzuschwellen.

-mama mia, sieht der lecker aus. da erwartet mich ja ein sehr hübscher daddy – würde es dich freuen wenn ich jetzt vor dir knien würde und ihn sanft ablecke?
-babe, du würdest mehr als das tun, sei sicher ... und dein pic?
-moment

Er suchte eines von sich aus, das ihm besonders gut gefiel. Da er selbst gertenschlank war, stand ihm der „Girlie-Stil" gut: karierter Mini, darunter einen viel zu knappen String, der mehr zeigte als verbarg, eine weiße Bluse, kaum zugeknöpft, darunter ein weißer BH, A-Körbchen, der leicht ausgestopft war, weiße Kniestrümpfe und als spezieller Teaser schwarze Higheels.
Das Foto zeigte ihn vorgebeugt, sich auf einer Couch abstützend, das Gesicht der Kamera zugewandt. Seine an sich femininen Züge wurden durch ein sehr gutes Make-up und eine blonde Perücke unterstrichen. Er hatte versucht, sein laszives Aussehen noch zu verstärken, indem er die Zungenspitze über die von Gloss glänzenden Lippen gleiten ließ.

-achtung, ich schick dir was ... ich hoffe ich gefalle dir

Er wartete, aber mehrere Minuten kam keine Antwort. Naja, die Datei war groß, fast zwei MB.

-mein gott, babe, bist du eine geile sau, ich muss dich einfach haben, wir sollten dringend über ein erstes treffen reden
-gerne, daddy, aber nicht mehr heute, ich muss gleich raus, noch was tun. wann sehen wir uns hier wieder? dann können wir ja was ausmachen ... und bis dahin kannst du dich ja ein wenig mit meinem foto entspannen
-aber klar werde ich das tun, er ist doch jetzt schon ganz dick. Ich werde dich morgen um 22 uhr hier erwarten.
-versprochen, ich bin da. viel spaß noch und einen feuchten kuß auf die schwanzspitze

Zufrieden schaltete er den PC aus. Da schien er einen an der Angel zu haben.

Kapitel 4

Jupp und ich sahen uns sprachlos ob dieser Eröffnung an. Linda Molitor betrachtete uns durch ihr erhobenes Cognacglas hindurch wie zwei Versuchskaninchen.
„Und sie glauben, Herr Winkler wurde durch eine seiner Szenebekanntschaften ermordet?"
„DAS habe ich nicht gesagt. Ich habe ihnen lediglich die Rahmenumstände beschrieben, in denen Josef lebte. Genauer wird ihnen vermutlich nur ein Mensch weiterhelfen können: Sarah, seine Vertraute. Ich sage bewusst sie, denn als Transsexueller hat sie sich entschlossen, das Geschlecht zu wechseln. Wo sie wohnt weiß ich zwar nicht, aber morgen Abend ist wieder der Transgender-Stammtisch im Café „Sündenfall", jeden Donnerstag ab 20 Uhr. Da werden sie sie zweifellos antreffen. Sie hat schließlich diese Selbsthilfegruppe ins Leben gerufen."
„Dann danken wir ihnen zunächst für ihre Hilfe, Frau Molitor, ich bin sicher, manches von dem fiel ihnen nicht leicht …"

„WAS fiel ihr nicht leicht?", erscholl hinter uns auf einmal eine markante Männerstimme. Wir erhoben uns und sahen den Herrn des Hauses, Gustav Molitor, auf uns zukommen. Das Erscheinungsbild war schon imposant: ein massiger Mann um die 70 mit knapp zwei Metern Körpergröße, um die 130 kg schwer, weiße Haare mit Bürstenschnitt, ein ebenso weißer Kinnbart, neudeutsch Goatie genannt, gekleidet mit Tweedjacke, Hemd, Krawatte und Cordhose in Erdtönen, ganz dem Stil des Hauses entsprechend ein englischer Landlord.

„Guten Tag, meine Herren, mein Name ist Gustav Molitor. Aber ich vermute, das ahnten sie bereits. Es tut mir leid, dass wir uns unter so unangenehmen Umständen kennen lernen, Herr Oberle, ich hatte ja schon das Vergnügen, sie auf dem Polizeiball bewundern zu können.“

Oh nein, nicht das schon wieder. In einem Augenblick geistiger Umnachtung hatte ich vor zwei Jahren zugesagt, auf dem Polizeifest aufzutreten, als Musikclown. Was man mir jedoch verschwiegen hatte (und ich blöderweise auch nicht hinterfragt hatte), war das Thema: Toll trieben es die alten Römer … und einige Gallier als Staffage, darunter ich als Obelix. Ich muss wohl ganz gut gewesen sein, denn es gab standing ovation, aber danach schien mein echter Name völlig in Vergessenheit geraten zu sein. Leider waren bei dem Fest auch Prominente aus Politik, Kultur und Wirtschaft eingeladen gewesen, offensichtlich auch Gustav Molitor.

Jovial meinte Molitor: „Ich hoffe, sie sind in ihrer eigentlichen Aufgabe auch so gut wie als Clown. Ich will den Mörder des Mannes meiner Tochter bald hinter Gittern sehen.“ Interessant, er vermied es, persönliche Formulierungen wie etwa mein Schwiegersohn, Josef oder Herr Winkler zu benutzen, es MUSSTE so neutral wie möglich sein.

„Meine Tochter Linda wird ihnen sicher gerade ihr Leid geklagt haben, was für ein schrecklicher Tyrann ich bin. Aber sie sehen ja selbst, weder habe ich eine Peitsche bei mir, wie ein Plantagenbesitzer, noch tragen meine Angestellten oder Angehörigen Eisenkugeln mit Ketten an den Füssen. Also kann ich doch gar nicht so schlimm sein“, lächelte er. Ich erwiderte: „Ach wissen sie, Herr

Molitor, meine vielen Jahre im Polizeidienst haben mich eines gelehrt: es gibt wesentlich mehr unsichtbare Ketten als die, welche man sehen kann. Sie können aber versichert sein, dass wir mit Hochdruck an der Aufklärung arbeiten. Und jetzt würden wir gerne Frau Sylvia Molitor sprechen."

Molitor schwoll die Zornesader auf der Stirn an und er wollte etwas erwidern, aber da betrat Sylvia die Bibliothek: „Guten Tag, meine Herren ... Papa, kannst du das nicht für mich übernehmen? Ich fühle mich noch etwas schwach."

Gustav Molitors Gesicht bekam einen gehässigen Zug: „Nein, Madame, du warst stark genug, damals diese unselige Entscheidung, den Kerl zu heiraten, zu treffen, jetzt wirst du nicht kneifen. Aber ich will dir soweit entgegenkommen, dass ich dich begleite. Schließlich bist du eine Molitor." Zum Kotzen, diese permanente Betonung, als würde diese Familie über allen Anderen stehen.

Linda saß noch immer auf dem Sessel, aber ihre Haltung war die eines sprungbereiten Tigers. Sie wartete nur auf eine persönliche Ansprache ihres Vaters, um auf ihn loszugehen. Oh Mann, diese Frau war ein echtes Raubtier ... und manchmal ein verletzliches Katzenbaby.

Sylvia ließ die Schultern hängen und fügte sich. Der Unternehmer rief nach der Mamsell und forderte über sie seinen Fahrer an. „Wir fahren ihnen in meinem Wagen nach, da hat es meine Tochter sicher etwas bequemer als in einem Steifenwagen." Ich wollte reagieren, aber Jupp hielt mich zurück und schüttelte nur den Kopf, als ob er sagen wollte: lass et, Obelix, demm jeht et eben ze joht. Lück wie der künne nix dafür.

Wir verließen das Haus und stiegen in unseren Dienstwagen, übrigens einen VW Passat Kombi. Molitors Wagen fuhr vor, ein silbergrauer Maybach, und ein Fahrer in Livree sprang heraus, um den Beiden die Türe zu öffnen.

Wir fuhren der Luxuskarosse voran zur Pathologie in der Uni-Klinik an der Moorenstrasse. Ruprecht Vollmer erwartete uns bereits. Er trug wie die OP-Ärzte eine dunkelgrüne Kombi und weiße Clogs. Durch die kurzen Ärmel sah man die Besonderheit, durch die sein Name bei der Düsseldorfer Polizei und darüber hinaus bekannt war. Im Rahmen eines freiwilligen Sozialdienstes war er als junger Arzt nach Polynesien gekommen und hatte sich dort in eine Einheimische verliebt. Er war dort mehr als 15 Jahre geblieben, war Teil der Familie geworden und als solcher auch mit den Ehrenzeichen tätowiert worden. Dieser Körperschmuck erstreckte sich über seinen gesamten Oberkörper und die Arme. Nach dem Tod seiner Frau kehrte er zurück nach Deutschland und war irgendwann bei der Polizei als Pathologe gelandet. Er galt aufgrund seiner gelassenen, weltoffenen Art als sehr angenehmer Kollege und war auf Partys ein gerne gesehener Gast, da er eigentlich immer einige exotische Anekdoten zum Besten geben konnte.

Er begrüßte seine Kollegen mit Handschlag, neigte speziell vor Sylvia Molitor den Kopf und sagte: „Ich kann ihnen kaum einen Trost bieten, aber in meiner früheren Heimat gab es einen polynesischen Segensspruch: Malama pono, ein Segen für ihr Wohlergehen."

Dann reichte er Molitor die Hand und sagte: „Hallo, Gustav, es tut mir wirklich leid.“ Die Beiden kannten sich also, noch etwas, was Ruprecht mir gleich erklären musste.

Vollmer bat alle Anwesenden in einen separaten Raum. Eine Wand war komplett ausgefüllt mit Türen aus Edelstahl, wie in einem Schließfachraum in einer Bank. Mitten im Raum stand ein hoher Tisch aus Edelstahl, auf dem ein mit einem Tuch bedeckter Körper lag. Vollmer positionierte sich am Kopfende, wir anderen rund um den Tisch. Dann schlug er das Tuch vom Gesicht zurück. Ruprecht war wirklich ein Meister seines Fachs: ich hatte von heute Morgen noch das schmerzverzerrte Gesicht in Erinnerung, voll verschmiertem Make-up, und jetzt lag da ein Mann mit entspannten Zügen, auf den das so oft zitierte Wort „als ob er schliefe“ genau zutraf.

Linda schwankte etwas, wurde von ihrem Vater gestützt und nickte: „Ja, das ist mein Mann.“ Ruprecht bedeckte die Leiche wieder mit dem Tuch und schlug vor, sich im Besprechungsraum hinzusetzen, er würde dann gerne Fragen beantworten. Alle verließen den Raum, alle … bis auf Sylvia Molitor. Unbemerkt von uns, ging sie mit langsamen Schritten, fast wie ein Roboter, auf die Liege zu und blieb daneben stehen. Dann streckte sie eine Hand aus und streichelte durch die Decke die Brust des Toten. Plötzlich knickte sie an der Hüfte nach vorne ein, stützte sich an der Liege ab und hielt die andere Hand fest auf ihren Unterbauch. Scharf sog sie durch die Zähne die Luft ein, stöhnte laut und brach dann unmittelbar zusammen. Wir stürzten zu ihr hin, Vollmer zuerst, der sich sofort um sie kümmerte. An ihren Beinen herab war Blut gelaufen und bildete langsam eine kleine Pfütze unterhalb ihres hoch gerutschten Rockes. „Ruprecht, sie ist schwanger“, stieß Molitor hervor. Vollmer zuckte zusammen und ergriff sofort sein Handy, mit dem er eine Gynäkologin aus der unmittelbar benachbarten Frauenklinik anforderte.

Es vergingen kaum sieben Minuten, da fuhr ein Krankenwagen mit der Kollegin vor. Ruprecht hatte Sylvia erstversorgt und bereits auf einer fahrbaren Liege an den Eingang der Pathologie gebracht. Nach einer kurzen Untersuchung wurde sie abtransportiert.

Vor Zorn bebend und mit hochrotem Gesicht fuhr Molitor herum und brüllte mich an: „Wenn meiner Tochter oder meinem Enkel etwas zustößt, dann mache ich sie fertig, sie Dilettant!" Seine Fäuste griffen ins Leere und ihm war anzusehen, dass er mich am liebsten zusammen geschlagen hätte. Der alte Kerl hatte sich wohl gar nicht unter Kontrolle und vor allem glaubte er wohl aufgrund seiner Statur an seine körperliche Überlegenheit. So war das immer: jeder, der mich sah, nahm mich aufgrund meiner Plautze nicht für voll und glaubte, leichtes Spiel mit mir zu haben. Zugegeben, bei einer Runde auf dem Sportplatz hätte ich mir wohl die Lunge aus dem Hals geblutet, aber Laufen war eh nicht mein Ding. Aber der 3. Dan im Aikido war ja auch nicht ganz zu verachten. Schon von Kindheit an hatte mich dieser elegante Kampfsport fasziniert und ich übte ihn seit meinem 12. Lebensjahr aus. Auch nach meinem Umzug nach Düsseldorf fand ich schnell Anschluss im ortsansässigen Club und führte mein Training fort. Insgesamt war es einfach praktisch, wenn ein Gegner mich unterschätzte und damit leichtfertig in die Fallen ging, die ich für ihn stellte.

Jupp stellte sich zwischen Molitor und mich und meinte „Isch mag misch ja nicht recht erinnern, aber isch glaube, SIE hatten darauf bestanden, dat ihre Tochter die Identifikation durschführt. Uns hätte es jereicht, wenn SIE alleine mitjekommen wären. Oder täusch isch misch da, HERR MOLITOR?“ Die beiden letzten Worte sprach er besonders akzentuiert und laut aus und blickte den langsam runterkochenden Unternehmer schräg von unten an. Dieser schüttelte den Kopf und ließ die Schultern hängen. „Jut, dann wär dat jeklärt. Su, dann hammert ja, wir brauchen sie dann nicht mehr! Sie können nach Hause fahren!“ Er wandte Molitor den Rücken zu und ignorierte ihn völlig. „Herr Vollmer, wollen sie uns bitte nun die ermittlungsrelevanten Einzelheiten erörtern?“, sagte Jupp und zwinkerte Ruprecht und mir zu. Wir zogen uns in den Besprechungsraum zurück.

„Bevor wir loslegen“, begann ich, „zunächst einmal: woher kennst du Molitor? Warum hast du uns das nicht direkt gesagt?“ „Weil ich heute morgen noch nicht wusste, dass der Tote sein Schwiegersohn ist. Ich kenne ihn von den Düsseldorf Jonges her, die hatten mich mal zu einem Vortrag eingeladen, währenddessen er Herzprobleme bekam und ich konnte ihm direkt helfen. Dadurch entstand ein loser Kontakt zu ihm, nicht aber zu seiner Familie. Kann ich mit dem Wesentlichen anfangen?“

Wir nickten.

„Der Tod trat heute Nacht zwischen 23 und 1 Uhr ein. Der Tote weist mehrere Stichverletzungen auf, von denen jede einzelne früher oder später zum Tod geführt hätte. Der Täter wollte wohl auf Nummer sicher gehen. Ich erspare euch jetzt den ganzen lateinischen Scheiß: er bekam von hinten eine Stich in den Rücken, der einen Lungenflügel durchbohrte. Ein weiterer kam von vorne und zerteilte regelrecht die Leber. Der dritte war ein Stich knapp oberhalb des Schambeins und wurde dann hoch bis zum Brustbein durchgezogen. Dabei wurden jede Menge innere Organe verletzt. Hinzu kommen noch massive Verletzungen im Genitalbereich, ihm wurden quasi die Eier zu Brei getreten. Das Ganze lässt auf eine Handlung unter großem Stress und in wildester Wut schließen, alles wurde mit großer Kraft und Wucht ausgeführt. Zur Tatwaffe: aufgrund der Größe der Wunden und der Verletzungen schließe ich auf eine Waffe mit mindestens 30 cm Klingenlänge, einschneidig. Ich würde sagen, am ehesten ein Küchenmesser."

Ich hatte einiges notiert und sagte: „Prima, den vollständigen Bericht bekommen wir ja noch von dir. Hast du vielleicht noch schnell Adresse und Telefonnummer des Täters, Dr. CSI?" Vollmer hasste es, wenn ich diesen Spitznamen benutzte. Er hatte seine Latexhandschuhe zusammengeknüllt und warf sie nach mir: „Hau ab, du Rollmops, die schnelle Bearbeitung kostet dich wie immer zwei Röggelchen mit Käse und Löwensenf im Uerige." „Geht klar", grinste ich. Es war schon fast ein Ritual: jedes Mal, wenn der Pathologe meine Fälle bevorzugt bearbeitete, revanchierte ich mich mit den für Düsseldorf so typischen Roggen-Doppelbrötchen, dick belegt mit holländischem Käse und jede Menge von dem superscharfen Düsseldorfer Senf. Dazu gab es immer zwei Alt in der Traditionskneipe Uerige in der Düsseldorfer Altstadt.

Im Auto fragte Jupp: „Und? Gehst du heute noch ins Café „Sündenfall"?" „Nee, lass mal, der Tag war hektisch genug. Ich befürchte, wir werden noch einigen Ärger bekommen. Außerdem ist da erst morgen der Stammtisch. Setz mich bitte einfach zu Hause ab und gabel mich morgen um halb neun auf, o.k.?"

Jupp brachte mich zu meiner Wohnung in Hassels. Als er in „Am Köhnen“ einbog, sagte er noch: „Sag mal, die kleine Molitor gefällt dir, was?“ Ich grinste und erwiderte nur: „Gute Nacht, Jupp, bis morgen.“

Ich fuhr mit dem Aufzug in den zweiten Stock und öffnete die Wohnungstür. Aus dem Kühlschrank nahm ich mir eine Apfelschorle und ließ mich auf die Couch fallen. In diesem Augenblick klingelte mein Handy. „Oberle, wer stört?“ „Ruprecht hier, entschuldige bitte die Störung, aber ich dachte, es wäre wichtig für dich. Meine Kollegin hat eben angerufen, Sylvia Molitor hat das Kind verloren.“

Kapitel 5

Er stand bereits früh am Morgen auf, die Nacht hatte er kaum geschlafen. Immer wieder kreisten seine Gedanken um den gestrigen Chat mit Lothar. Allein beim Anblick des Fotos seines Schwanzes wurde er wieder geil. Wenn er DEN Kerl in die Finger bekäme, würde er ihn sich schon zurechtbiegen. Dann würde er merken, dass er nicht nur das kleine devote Püppchen sein konnte, sondern durchaus auch seine strengen Seiten hätte. Aber er fing immer mit dem unschuldigen Schuldmädchen an, darauf standen die meisten Typen. Und wenn man ihn dann erst richtig angefixt hatte, war es meist leicht, auch mal zu switchen, d.h. die Rollen zu tauschen. Naja, und wenn nicht, würde er Mittel und Wege finden, ihn doch in seine Gewalt zu bringen. Dann konnte er sich nach Herzenslust an ihm austoben ... so wie an dem Typen, den er das letzte Mal nach der Fetischparty im Swingerklub Reitstall abgeschleppt hatte. Erst hatte er sich ihm völlig als das devote Nuttchen hingegeben, aber als er dann raunte, er wolle ihn für sich alleine haben, bei sich zu Hause, da ...

Nun, man musste erst mal abwarten, wie sich das mit diesem Lothar entwickelte. Jetzt lag erst mal ein anstrengender Tag vor ihm, mit nörgeligen Kunden, die der Ansicht waren, ihre Versicherung müsste doch bei diesen hohen Prämien auch die Nasenkorrektur oder Brustvergrößerung der 17jährigen Tochter bezahlen. Er seufzte, trank einen letzten Schluck Kaffee und machte sich auf den Weg.

Jupp hatte mich pünktlich abgeholt und ich erzählte ihm von der Hiobsbotschaft vom vergangenen Abend. Er schüttelte den Kopf und meinte, sie sei zwar ein Biest, aber DAS wäre niemandem zu wünschen. Schweigend fuhren wir ins Präsidium.

In unserem Büro angekommen, startete ich meinen PC und meldete mich im Intranet der Polizei NRW an. Drei neue Nachrichten waren eingetroffen: ein Amtshilfeersuchen von Kollegen aus Niedersachsen, die einen flüchtigen JVA-Insassen suchten, eine neue Richtlinie bezüglich der Neubeschaffung von Dienstkleidung und der Bericht der KTU im Falle Winkler. Schon praktisch, wie sich das alles so unkompliziert abwickeln ließ. Ich kannte noch gut die Zeiten, wo man warten musste, dass eine Schreibkraft Zeit hatte, den Bericht zu tippen und man sehr viel länger für alles benötigte. Jupp und ich lasen den Bericht gemeinsam: jede Menge Blut, aufgewühlte Erde vom Todeskampf, keine Tatwaffe, Spuren von Sportschuhen der Marke Nike, wobei man aber nicht zuordnen konnte, ob sie von einem Jogger stammten, der dort im Gebüsch nur pinkeln war, oder vom Täter. Keine Haare oder anderes DNA enthaltendes Material, Winkler musste so überrascht gewesen sein, dass er sich nicht gewehrt hatte. Keine Haut unter den Fingernägeln, wie man es so oft beim Tatort erlebte, keine weggeworfene Zigarettenkippe mit Lippenstift. Also alles in allem: NIX!

Jupp und ich beschlossen, an der Magnetwand unseres Büros erst einmal Fakten und Beteiligte zu sammeln und danach in den Akten nach vergleichbaren Fällen und einschlägig Vorbestraften zu suchen. Da klopfte es an der Tür. Auf unser Herein steckte Dirk Galski den Kopf herein und grüßte: „Guten Morgen, die Herren, Silke und ich sind hier, um eine Person von unserer Wache in Benrath ins Präsidium zu überführen und da dachten wir, wir schauen mal rein."

„Na dann hallo und einen schönen Tag noch", brummte Jupp. Er konnte den Jungen wohl nicht leiden. Bedröppelt standen Galski und Krause in der Tür. Ich winkte sie herein und lachte: „Kommen sie ruhig rein, Jupp hat heute noch keine Katze überfahren, daher hat der Tag nicht gut für ihn begonnen." Der bekennende Katzenfan Schmitz zeigte mir einen Vogel und scrollte sich weiter durch das Online-Archiv der relevanten Mordfälle. „Wie wär's mit einem Kaffee? Wir haben allerdings nur die Tassen vom letzten Tag der offenen Tür." Die sahen echt Scheiße aus, ein Löwe, das Düsseldorfer Wappentier, in Polizeiuniform mit einem debilen Grinsen, als hätte er seinen Schlagstock 20 cm tief in seinem Enddarm und die Handschellen um seine Eier.

Dieses optische Manko machte den Beiden nichts aus und sie sahen sich neugierig bei uns um. „Willkommen in der verwirrenden Welt der knallharten Schnüffler. Sie werden hier aber weder rosa T-Shirts und Alligatoren wie bei Miami Vice noch Armani tragende Profiler finden, die selbst in schwärzester Polarnacht nicht ihre Sonnenbrille ablegen. Wir machen hier ganz altmodische Polizeiarbeit, aber mit feiner technischer Unterstützung. Wir haben mittlerweile sogar Kugelschreiber und brauchen keine Berichte mehr in Steinplatten hämmern."

Silke Krause gluckste und Galski griente wie ein Honigkuchenpferd. „Es ist eben doch was anders als die alltägliche Arbeit auf der Wache, so ein Mordfall. Und dann noch so ein schräger dazu. Uns ist übrigens noch was eingefallen, was ihnen vielleicht weiterhelfen könnte. Wann fand denn der Mord statt?" „Zwischen 23 und 1 Uhr, wieso?" „Nicht weit entfernt vom Tatort ist eine Kneipe mit Biergarten, die haben so gut wie keine Parkplätze. Da war gestern eine Feier des

Fußballvereins Urdenbach 06, da musste sicher fast jeder auf dem Platz parken, der direkt neben dem Park von Schloss Mickeln liegt. Vielleicht hat da einer was bemerkt."

„Pfiffig, junge Kollegen, meine Anerkennung." Auch Jupp lächelte zustimmend. „Um die Sache kann ich mich ja gleich kümmern. Du musste heute Abend ja noch zum Tuntenstammtisch", grinste er bösartig. Krause und Galski stellten ihre Tassen ab und meinten, sie müssten nun auch langsam aufbrechen. „Dürfen wir uns denn noch mal nach dem Fall und der Entwicklung erkundigen?" „Na klar, wer weiß, wie und wo uns das Schicksal noch mal zusammenführt. Ich jedenfalls glaube, dieser Fall wird nicht so schnell lösbar sein."

Jupp machte sich auch direkt auf den Weg, nachdem er den Vorsitzenden des Fußballvereins erreicht hatte. Er wollte Jupp bis zu seinem Eintreffen eine Gästeliste mit Adressen und Telefonnummern erstellen. Ich führte die Arbeit an der Magnetwand fort. Polaroids vom Tatort, dem Ermordeten an der Fundstelle sowie in der Pathologie hingen bereits dort. Ich führte die aus meiner Sicht betroffenen Personen auf, ohne Berücksichtigung eines Motivs. An einen wahllosen Mord, wie etwa eine Mutprobe zur Aufnahme in eine Gang wollte ich nicht glauben. Ebenso wenig an eine Tat aus der rechten Szene, die sich eh auf alles Andersartige bzw. aus ihrer Sicht Abartige stürzen – DIE hätten sich voll Stolz zu ihrer Tat bekannt und eine Art Bekennerschreiben hinterlassen. Also, wen hatten wir denn da?

Zunächst Sylvia Molitor, die Ehefrau, eiskalt, berechnend, mit dem Leben an der Seite ihres Mannes unzufrieden, Tochter aus reichem Hause. Ein Motiv vielleicht, aber ein sehr schwaches. Warum Mord, wenn es auch eine Scheidung tut? Es sei denn, sie fühlte sich gedemütigt, durch seine Veranlagung, obwohl sie selbst an ihm kein Interesse mehr hatte.

Dann Gustav Molitor, Unternehmer, Patriarch, aufbrausend, Neigung zur Gewalt, gewohnt zu bekommen, was er wollte. War ihm die Hochzeit der Kronprinzessin schon ein Dorn im Auge, was konnte dann erst die Tatsache auslösen, dass sein ungeliebter Schwiegersohn eine Stöckeltriene war?

Mister X, der große Unbekannte, das letzte Date von Josef Winkler, ein Liebhaber von Transvestiten. Aber warum tötet er das, was ihn erregt? Oder erregte es ihn gar nicht? War er eher angeekelt und befand sich auf einem Kreuzzug gegen das so genannte dritte Geschlecht? Oder war einfach etwas bei dem Date schief gelaufen? Nein, dafür war viel zu genau darauf geachtet worden keine Spuren zu hinterlassen.

In diesem Augenblick klingelte das Telefon. „Hier Jupp, ich hab die Liste und will direkt anfangen die abzuklappern, sind immerhin 15 Personen. Danach mach ich Schluss. O.K.?“ Ich war einverstanden und sagte ihm, dass ich morgen etwas später selbst ins Büro fahren würde, ich hätte ja heute den Abendtermin und morgen um 9 Uhr müsste ich zum Zahnarzt. Jupp gab mir noch einen kleinen Seitenhieb: „Verjess die kleine Molitor nich bei der Liste, haste jehört?“

Auch wenn ich es nicht gerne zugab, er hatte Recht. Linda Molitor, Schwägerin des Ermordeten, schwarzes Schaf in einer Familie von eiskalten Geschäftsleuten .. oder auch nicht, denn sie hatte sich ja schon einmal von ihrem Vater kaufen lassen. Eine nicht ganz heimliche Zuneigung zu Josef Winkler, den sie gern Josy nennt. Aber der hat sie abgelehnt. Gibt es etwas Rachsüchtigeres als eine Frau, die sich zu ihrer Zuneigung bekennt und dann abgewiesen wird? Oder hat sie ihn doch rumgekriegt und als bekennende SM'lerin es bei dem Date übertrieben? Wie eine knallharte Domina sah sie nun wirklich nicht aus.

Wir würden uns wohl morgen Winklers PC besorgen und den Zauberkünstlern von der Technik übergeben. Ich erwartete, dass uns dies der Lösung des Falls ein gutes Stück näher bringen würde.

Ich beschloss, heute einen kleinen Teil meiner 600 Überstunden abzufeiern und den Nachmittag bei einem Bier an den Rheinterrassen zu verbringen. Ein wenig von meiner fast südländischen Bodensee-Gelassenheit hatte ich mir erhalten können. Heute Abend würde es sicher noch sehr interessant werden.

Gegen 19.45 Uhr stand ich vor dem Café „Sündenfall". Von außen wirkte es wie eine normale Kneipe, Tresen, Bistrotische, Loomstühle, überall Kerzen auf den Tischen. Einzige Auffälligkeit war die im Hintergrund des Cafés gelegene kleine Bühne. Ich betrat das Etablissement.

Die Luft war angenehm kühl. Der Raum vermittelte einen sehr frischen Duft und dezent im Hintergrund lief Musik von Enya. Ich sah mich um. Nur wenige Tische waren besetzt und ich ertappte mich dabei, die einzelnen Personen genau zu taxieren, um zu erraten, wer Frau, Mann oder Transe war.

„Es ist manchmal unglaublich, wie schwer sie zu unterscheiden sind, nicht wahr?“, sagte eine angenehme weibliche Stimme. Ich fuhr erschreckt herum. Vor mir stand eine Frau von ca. 30 Jahren, knapp 1,70 m groß, schlank, knabenhaft gebaut und mit einem wirklich bezaubernden Lächeln. „Tja … ahhm … also … nein … eher nicht … ich meine … doch … äh!“ Hallooooo? War ich etwa 14 und noch in der Pubertät? Das war doch auch nur ein Mensch und ein netter und höflicher dazu.

„Entschuldigung, aber ich habe noch nie …“. „Jaja, ich weiß, sie haben noch nie eine Tuntenkneipe betreten, aber ein Freund hat ihnen vorgeschwärmt, wie nett es hier doch wäre, und da wollten sie selbst mal ...“. „Nun machen sie mal nen Punkt, ich habe keine Vorurteile. Und ich will hier auch ganz bestimmt kein Abenteuer erleben.“ Lachend warf die Person den Kopf in den Nacken: „Das wäre auch kaum möglich, wir sind eine Kneipe mit Kleinkunstbühne, kein Puff. Was meinen sie denn, was ICH bin? Junge? Mädchen? Beides? Einmal dürfen sie raten, aber ohne anfassen.“

Mir wurde das Ganze hier zu bunt. Ich holte meinen Dienstausweis hervor: „Oberle, Kripo Düsseldorf.“ Das Lächeln verschwand aus dem Gesicht meines Gegenübers: „Hat die alte Hexe von oben uns wieder angeschwärzt? Haben wir wieder mal um 22.02 Uhr die Musik noch zu laut gehabt. Hat sie wieder gesehen, wie sich zwei geküsst haben, obwohl sie, um das zu sehen, sich hätte von ihrem Balkon abseilen müssen, die olle Prumm?“ Wütend wurde ich angestarrt. „Nichts von alledem. Ich bin auf der Suche nach jemand, der sich Sarah nennt.“ „Sarah sitzt wie immer hinten in der Ecke, neben der Bühne. Was trinken sie?“ „Eine große Apfelschorle bitte … ach ja, und … ich tippe auf Transe.“ Ein glockenhelles Lachen erklang, voller

Freude, keine Häme: „Irrtum, Schätzchen … Mädchen … schon immer gewesen."

Ich ging zu dem bezeichneten Tisch und blieb wie angewurzelt stehen. Vor mir saß eine Frau, nein, eher ein Weib, wie es aus einem amerikanischen Film der 50er stammen müsste: langes, leicht gewelltes rotes Haar, strahlend blaue Augen, einen sinnlichen Mund, perfekt mit blutrotem Lippenstift gezeichnet, die Wangen leicht mit Rouge betont, an sich helle Haut, eine üppige Brust, die von einer schwarzen Bluse knapp bedeckt war. Das Dekolleté verhieß mehr als es zeigte und wirkte in keiner Weise billig. Sie trug eine dunkle Satinhose, die ihre langen Beine perfekt zur Geltung brachten. Die Füße steckten in offenen Stilettos, welche einen Blick auf die wie die Finger blutrot lackierten Zehennägel freigaben.

Sie streckte mir die Hand entgegen und es war wie ein innerer Zwang, dass ich, statt sie zu schütteln, ihr den Handrücken küsste.

„Oh, ein Mann mit Klasse, wie selten heutzutage. Ich hoffe, unsere Lilli hat sie nicht zu sehr verwirrt", meinte sie, während uns besagte Lilli meine Apfelschorle und Sarah einen Café au lait hinstellte. „Was kann ich für sie tun, Herr Kommissar? Tut mir leid, aber ich habe eine Schwäche, ich belausche gerne Leute."

„Es hat vergangene Nacht einen Mord in Himmelgeist gegeben und Hinweise im Rahmen der Ermittlungen führen mich zu ihnen … Frau … Herr … äh". „Brechen sie sich keinen ab, sagen sie einfach Sarah, falls das nicht gegen ihre Dienstvorschriften verstößt. Oder bin ich so verdächtig, dass sie mich nicht beim Vornamen nennen dürfen?", sagte sie spöttisch.

„Nein, Sarah (wie leicht mir das von den Lippen ging), wir ermitteln nicht gegen sie, ich habe ihren Namen von Linda Molitor erfahren." Ihr Gesicht zeigte keine Regung, sondern nur waches Interesse. „Kennen sie diesen Mann?" Ich zeigte ihr das Bild von Winkler aus der Pathologie, ungeschminkt.

Sie fuhr zusammen. „Das ... das ist doch Josy, ich meine, Josef ... klar kenn ich den ... der war früher sehr oft hier beim Stammtisch, holte sich Tipps bei uns, Verhalten, Schminken, Kleidung ... er war Transvestit, kein Transgender, wenn sie den Unterschied kennen." Ich nickte: „Josef Winkler wurde gestern Nacht im Park von Schloss Mickeln brutal ermordet. Er war zum Tatzeitpunkt als Frau aufgemacht. Wir wissen, er hat sich im Internet in einschlägigen Kontaktbörsen zu Sex-Dates verabredet. Und ich habe die stille Hoffnung, dass sie mir weiterhelfen können."

Sarah hatte sich mittlerweile wieder gefasst, griff nach dem Foto und fragte: „Aber SO haben sie ihn dort in Himmelgeist nicht gefunden, oder?" Ich verneinte und sie fragte, ob sie ein Foto vom Tatort sehen dürfe. Ich überlegte kurz und reichte ihr dann eines der harmloseren, wenn man überhaupt bei einem der Bilder von harmlos sprechen konnte. Lange blickte sie beide Bilder an, strich über das Tatortfoto mit der Fingerspitze, als ob sie das Gesicht noch einmal streicheln wollte.

„Josef war das, was ich eine geschundene Seele nenne. Er quälte sich mit Schuldgefühlen, war zerrissen zwischen Verantwortung und dem Wunsch nach Selbstverwirklichung, zwischen Fürsorge und dem Streben nach Glück. Er liebte seine Frau, wie ich glaube, wirklich aufrichtig. Sein Innerstes jedoch schrie immer lauter und wollte ausbrechen. So schaffte er sich diese kleinen Fluchten in seine eigene Welt und war dort immer sicherer, und leider auch risikofreudiger. Insofern war er auch in unserer Gruppe ein wenig fehl am Platze, da er vor allem nach der Erfüllung sexueller Wünsche strebte. Aber er wollte eben auch viel über Hintergründe wissen und Tipps hinsichtlich des Stylings bekommen, und aufgrund seines Wesens war er immer bei allen ein gern gesehener Gast.

Ich habe ihn immer wieder gewarnt, aber zuletzt zog er sich immer mehr zurück und ließ sich kaum noch covern. Er switchte in die SM-Szene, in der sich neben vielen sehr kultivierten und verantwortungsvollen Leuten, wie z.B. Linda Molitor, auch absolut kranke Typen rumtreiben. Ich kann mir vorstellen, dass möglicherweise auch dort sein Mörder zu suchen ist. Aber wenn ich ihnen raten darf: bleiben sie heute Abend hier, ich werde mit den Mitgliedern des Stammtisches reden. Wir alle werden ihnen gerne bei der Suche behilflich sein, denn wir alle haben Josef oder Josy geschätzt. Kann sein, dass wir für sie eine Spur finden. Nur eine Bitte habe ich: einige unserer Mitglieder stehen noch ganz am Anfang oder suchen noch ihren Weg. Da kann dann nicht jedes Outfit stilsicher sein. Wenn eine von uns dann was sagt, ist das o.k., kommt aber von IHNEN ein Kommentar, werden alle Mädels dicht machen."

„Kein Problem, ich werde mich hüten. Und... danke, Sarah, das meine ich wirklich ernst." Sie nickte würdevoll und stand auf, um die anderen Mitglieder zu holen, die sich an der Theke versammelt hatten, um unser Gespräch nicht zu stören. Es entspann sich eine kleine Diskussion und dann kam eine Gruppe von 14 Menschen auf mich zu. Jeder stellte sich mit Namen vor und Sarah eröffnete die

Runde. Sie erklärte ausführlich meine Anwesenheit, machte ihre Vorschläge und stellte sich dann der Diskussion. Ich musste nochmals die beiden Polaroids zeigen und nicht wenige hatten Tränen in den Augen. Ein älterer Transvestit, offensichtlich noch mehr Mann, fluchte: „Dieses Drecksschwein, wenn wir den kriegen …"

Da konnte ich mich nicht mehr zurückhalten: „Gar nichts werden sie dann. Ich habe sie nicht aufgesucht, um der Selbstjustiz Vorschub zu leisten. Ich bin dankbar für ihre Unterstützung, werde aber gegen JEDEN vorgehen, der gegen geltende Gesetzte verstößt. Wenn sie also etwas rausbekommen, erwarte ich, dass sie mich informieren." Ich reichte jedem eine meiner Visitenkarten, während Sarah sich zu Wort meldete: „Josy ist nicht damit gedient, wenn wir die rosaroten Killer spielen. Wir sprechen mit unseren Kontakten, ob ihnen jemand mit schrägen Neigungen aufgefallen ist und ob es Kontaktdaten gibt. Wenn wir helfen können, spendiert uns Michael hier vielleicht einmal falsch Parken in der Innenstadt für umsonst." Alle grinsten und ich erwiderte, in Anlehnung an Dinner for one: „I will do my very best, Miss Sarah."

Ich wollte den Fortgang des Abends nicht weiter stören und zog mich zu Lilli an die Theke zurück. Wir unterhielten uns über Allgemeinplätze, sie erläuterte mir das Konzept des Cafés und erzählte mir von den Veranstaltungen mit Düsseldorfer Künstlern aus der Kleinkunst-, Kabarett- und Musikszene. „Worauf wir Wert legen, sind engagierte und vor allem professionelle Künstler, keine Fummeltrienen, die mehr oder weniger hölzern zu Liza Minelli Titeln über die Bühne stolpern und von lippensynchronem Playback noch nie was gehört haben. Wer bei uns auftritt, muss es live drauf haben."

Ich wunderte mich etwas über die despektierlichen Formulierungen, aber Lilli sagte: „Sie dürfen nicht außer Acht lassen, dass es auch in der Gruppe des „dritten Geschlechts“ eine Art Hackordnung gibt: ganz unten, quasi die Parias der Szene, sind die Gelegenheits-TV, die dann noch meinen, sie wären die vollendete Verwandlung mit ihrer Tuckerei, und ganz oben stehen eben solche Lichtgestalten wie Sarah, die selbstbewusst sind, ohne aufdringlich zu sein, eben ganz natürlich den Wandel vollzogen haben. Mal ehrlich, sie hat doch auch SIE beeindruckt?“

Mir fiel keine gescheite Antwort ein, daher nickte ich bloß und blickte zu der Stammtischrunde. Diese wurde gerade aufgehoben und Sarah kam auf mich zu: „So, Herr Oberle, wir werden alle Informationen bei mir sammeln und ich melde mich bei ihnen, sobald es etwas Neues gibt.“ Ich reichte ihr die Hand und wollte mich verabschieden: „Ich danke ihnen, Sarah, ihnen und ihren Freunden. So, und nun muss ich los, wenn ich meinen Bus noch kriegen will.“ „Kein Dienstwagen?“ „Den hat mein Kollege, er wohnt in Hilden und holt mich ab, da meine Wohnung auf dem Weg liegt.“ „Du wo ist das?“ „In Hassels.“ „Dann setze ich sie zu Hause ab, ich wohne gleich um die Ecke, in Benrath. Einer der Vorteile, Mitinhaberin des Cafés zu sein, ist es, einen Parkplatz im Innenhof zu haben.“

Wir verließen das Café, nachdem wir uns von Lilli verabschiedet hatten und gingen in den Hinterhof des Häuserblocks. Dort stand ein rotes Mercedes SLK Cabrio, offensichtlich ein Umbau des Tuners Brabus. Sarah ließ sich elegant in den Fahrersitz gleiten, ich presste mich auf den Beifahrersitz. Auf ihre Frage “Geht’s denn“ antwortete ich: „Solange sie mich nicht bis nach Sizilien fahren, geht’s.“ „Soso …

würden sie mich denn nach Sizilien begleiten? Ich habe da nämlich ein Haus, in Céfalu, da müsste ich sowieso mal nach dem Rechten sehen", meinte sie kokett und blickte mich mit einem kecken Augenaufschlag an. Ich wurde mehr und mehr durcheinander, was war nur mit mir los? Dieses Wesen verwirrte mich mehr und mehr. Ich brachte nur ein verlegenes „Hähmähm" zustande. Lachend warf sie ihre Mähne zurück und gab Gas. Wir glitten im Abendverkehr durch Derendorf, Friedrichstadt und Bilk bis auf die B8. Wir unterhielten uns kaum. Verstohlen wanderte mein Blick immer wieder zu ihr, ich betrachtete fasziniert ihren schlanken Hals, die kesse Nase und wie der Wind durch ihr Haar fuhr. Sie versuchte es immer wieder an einer roten Ampel zu ordnen, indem sie die Hände mit den roten Krallen hindurch fahren ließ, aber der nächste Windstoß machte wieder alles zunichte und verlieh ihr ein wildes verwegenes Aussehen. Kein Wunder, dass also jede Menge Fahrer in den offenen Daimler starrten, die nächste Grünphase verpassten oder anerkennend hupten oder pfiffen. Sarah überging das mit einer ganz natürlichen Noblesse und widmete sich in den wenigen Augenblicken der Gespräche ganz mir.

Wir verließen die B8 an der Ausfahrt Benrath und bogen in Richtung Hassels ab. Nach mehreren Abzweigen kamen wir am Hasseler Friedhof vorbei und dort erlebte ich ein Dejá vu: einen kurzen Augenblick wand ich den Kopf nach rechts und nahm aus den Augenwinkeln eine Person wahr, die ihr Fahrzeug verließ. Nur Sekundenbruchteile sah ich ein Gesicht, das ich zu kennen glaubte, aber dann war es schon vorbei. Wer suchte bloß mitten in der Nacht den Friedhof auf, der doch geschlossen war. Aber vermutlich war es ein Anwohner, der regulär auf der Strasse keinen Stellplatz mehr gefunden hatte.

Sarah hielt gegen 23 Uhr vor meinem Haus. Ich reichte ihr zum Abschied die Hand und sagte: „Sarah, ich kenne zwar eine Menge Menschen, aber ich habe selten mal jemand mit so viel Klasse erlebt. Ich wünsche ihnen noch einen schönen Abend. Danke und fahren sie vorsichtig." Da tat sie etwas ganz Ungewöhnliches: sie blickte mich an, hob die Hand und streichelte mit den Fingerspitzen meine Wange und antwortete: „Danke, das war sehr nett von ihnen, Michael. Schlafen sie gut. Ich hoffe, bis bald." Dann gab sie Gas und verschwand in die Nacht. Ich berührte meine Wange und dachte, dass ich diese Nacht wohl über Einiges zu Grübeln hätte.

Kapitel 6

Er war um 18 Uhr zu Hause, der Tag war weniger stressig, als er es erwartet hatte. So konnte er sich gelegentlich seinen Tagträumen hingeben. Heute Abend würde er mehr über Lothar erfahren und er würde ihn so heiß auf sich machen, dass er das erste Date kaum noch abwarten konnte.

Er aß eine Kleinigkeit und warf seinen PC an. Erst einmal die Emails checken, dann kurz in den einzelnen Kontaktbörsen nachsehen. Als er ICQ öffnete, sah er zu seiner Freude, dass Lothar bereits online war und ihm eine Nachricht hinterlassen hatte.

-konnte heute früher schluss machen. bleibe on, wenn du da bist, schreib mich einfach an.
-hallo, lothar, mein lord, hier ist deine kleine geile schlampe doreen. hat dir mein foto noch freude bereitet?
-na klar, zwei mal ☺
-guuuuuut. Was würdest du denn jetzt gerne mit mir anstellen?
-ich hab da schon eine idee, die unser problem mit der treffmöglichkeit lösen würde. aber die dürfte für dich als anfängerin ein wenig zu heavy sein. so was machen wir vielleicht später mal.
-nee, erzähl doch mal, ich bin lernfähig
-ich glaube, das ist noch zu früh für dich. das ist eher etwas für fortgeschrittene.
-*voll-schmoll* ☹
-nun zick mal nicht rum kleines, ich will doch nur auf dich acht geben.
-ich pass schon auf mich auf. nun sag schon.

-dann leg ich mal los: was für mich ein irrer kick ist, sind leicht morbide situationen. ich weiß ja nicht wo du wohnst, aber vielleicht kennst du hassels. die haben an der hasselsstrasse einen friedhof, der ist zwar wie alle nachts geschlossen, aber über die mauer kommt man problemlos rüber. da könnten wir uns treffen und ein wenig spaß haben.

Mein Gott, wie war DER denn drauf? Aber zugegeben, schon beim Lesen begann es zu kribbeln. Er spielte ja nur die Rolle der Unerfahrenen, in Wahrheit hatte er schon jede Menge Dates gehabt, allerdings nie jemand gefunden, mit dem er es länger ausgehalten hätte; dafür war der Reiz, ständig Neues zu entdecken, zu groß.

-klingt strange, aber erregend. Und da willst du mich vernaschen?
-und wie, kleines, wie würdest du dich denn zurecht machen?
.ich hab da das schuldmädchenoutfit vom foto im kopf, aber ich würde dort zunächst eine langen schwarzen Lackmantel darüber tragen.
-klingt geil. wie rattig bist du denn?
-.so rattig, dass ich platze.
-na dann, kleine doreen, sollten wir uns heute um 23 uhr dort treffen? du gehst hinter der mauer 50 meter geradeaus, dann stehst du neben einer art rundem turm, um den gehst du rechts rum, da erwarte ich dich.

Er überlegte kurz: eine Stunde fürs Styling, ca. 45 Minuten für die Fahrt ... ja, das würde gehen.

-o.k. mein lord ich werde da sein. wie erkenne ich dich?

-ich werde dich dort erwarten und dich mit: was macht ein kleines mädchen denn so spät auf dem friedhof? ansprechen
-gut, dann lass uns schluss machen. Ich werde pünktlich sein, und falls du nicht da bist, kann du einen weiteren kontakt vergessen
-keine sorge, ich werde ganz sicher da sein

Es war auf einmal keine Rede mehr von einem vorherigen Telefonat. Alle Synapsen seines Hirns waren auf Sex eingestellt, die Ratio war außer Betrieb. Er sprang in die Dusche, rasierte sich an den relevanten Stellen und machte sich ans Make-up. Genau eine Stunde später war er fix und fertig. Selbst auf kürzeste Distanz hätte kaum ein Mensch ihn nicht für eine Frau gehalten. Noch schnell den Mantel über und dann ab in den Aufzug zur Tiefgarage. Schon praktisch, so ungesehen zum Auto zu kommen. Er stieg in seinen Smart und verließ die Tiefgarage mit quietschenden Reifen. Mit stimulierender Musik von „Dead can Dance“ brachte er sich schon mal auf Betriebstemperatur für das Treffen. Er spürte, wie sein Schwanz begann gegen seinen Tanga zu pochen, bald würde er endlich wieder einmal fremde Hände an seinem Körper fühlen. Das letzte Date war viel zu lang her, fast zwei Monate.

Die Strassen waren frei und sein Navigationsgerät brachte ihn zielsicher zur Hasselsstraße. Er fuhr zunächst einmal am Friedhof vorbei, sondierte die Lage und wendete dann in einer Seitenstraße. Unmittelbar vor dem Eingang des Friedhofs waren einige Stellplätze frei. Er suchte sich unmittelbar an der Mauer einen aus und verließ seinen Wagen. Schnell ein suchender Blick nach links und rechts, dann stemmte er sich auf die Mauer und ließ sich hinübergleiten. Er richtete noch einmal seine Kleidung und schaltete dann die mitgebrachte Taschenlampe an. So, 50 Meter, dann am runden Turm nach rechts ... da war die Kapelle. Noch keiner da. Er checkte mit der Lampe noch einmal seine zierliche silberne Damenuhr, 23 Uhr exakt. Na prima, doch wohl nicht wieder so ein Fake, vor allem nicht bei DEM Aufwand. Wenn er jetzt von einem Wachdienst entdeckt würde, hätte er echte Probleme. So ne Scheiße, sollte er noch eine Viertelstunde warten? Wer weiß, wo Lothar herkam, vielleicht waren die Strassen voll. Quatsch, ER hatte es doch auch pünktlich geschafft, und das aus Ratingen. Ärgerlich kickte er einen Stein weg.

„Was macht ein kleines Mädchen denn so spät auf dem Friedhof?" Die Stimme war unerwartet rau, aber sanft und schmeichelnd. Trotzdem zuckte er ob der unerwarteten Ansprache zusammen. „Ich warte hier auf meinen Daddy, der wollte sich mit mir hier treffen. Haben sie ihn vielleicht gesehen?", säuselte er mit kindlich-naiver Stimme.

„Und ich habe auf meine kleine Süße gewartet, dann bist du hier also genau richtig. Dann zeig mir mal, was du unter deinem Mäntelchen trägst."

Die Gestalt war noch immer nicht aus dem Schatten der Kapelle herausgetreten. Er ahnte nur die ungefähre Körpergröße. Die ganze Situation war ihm schon ein wenig unheimlich, aber so war es ihm in anderen Situationen schließlich auch schon gegangen. Provokativ langsam öffnete er den langen Lackmantel, um zu präsentieren, was er für hocherotisch hielt und was bislang alle seine Liebhaber begeistert hatte. Er drehte sich, beugte sich vor, schlug Mantel und Rock hoch und zeigte seinen festen knackigen Arsch, dann lehnte er sich gegen einen Baum und rieb sich mit einer Hand im Schritt. Mit der anderen griff er in seine Bluse und stimulierte seine Nippel. Ein leises Keuchen entrang sich seiner Kehle und er warf den Kopf in den Nacken. Sein Körper wurde vom Mondlicht beschienen und es bildete sich ein reizvolles Spiel von Licht und Schatten.

„Gefalle ich meinem Daddy? Mache ich ihn heiß?“ „Und wie, du lüsternes Früchtchen, und ich wüsste nur zu gerne, wie viele Kerle du schon um den Verstand gebracht hast ... und wie viele Menschen du schon ins Unglück gestürzt hast!“ Der letzte Halbsatz wurde mit einem zornigen Unterton ausgestoßen und die Gestalt verließ den Schatten.

Der Transvestit Doreen erstarrte. Seine Augen weiteten sich, der Atem kam stoßweise. „Was soll denn der kranke Scheiß? Wer bist du, du Freak?“ Seine Stimme hatte jegliche weibliche Attitüde verloren, sie war voller Angst ... nein, nicht Angst, reine Panik. Und dann ließ das Mondlicht einen Gegenstand in der Hand der Gestalt aufblitzen, der sich mit rasender Geschwindigkeit auf Doreen zu bewegte und mit ungeheurer Wucht die Kehle durchtrennte und den sich anbahnenden Schrei im Keim erstickte. Doreens Hände fuhren an den Hals, konnten den Blutstrom, der durch die Finger quoll, aber nicht stoppen. Unendlich langsam sank Doreen in die Knie, ungläubiges Erstaunen im Gesicht. Dann ging der Unbekannte in die Hocke und es folgte ein weiterer Stich in den Unterleib, der mit äußerster Gewalt nach oben durchgezogen wurde. Die dunkle Gestalt betrachtete den sterbenden Menschen zu seinen Füßen mit einem neutralen Interesse, mit dem Kinder gelegentlich einen Wurm am Angelhaken beobachten.

Dann war es vorbei. Die Gestalt wandte sich um und verließ den Ort mit auf dem Kies knirschenden Schritten.

Kapitel 7

„Schwing den Arsch in die Jeans und dein Karo-Hemd über, ich bin in 10 Minuten bei dir. Der Tunten-Killer hat wieder zugeschlagen."

Brutal hatte mich Jupps Anruf aus meinen Träumen gerissen. Aber sie waren so verwirrend gewesen, dass ich gar nicht so traurig darüber war. Eine schnelle Katzenwäsche, dann klingelte es schon. Ich sprang die Treppe nach unten, wenig Rücksicht auf die noch schlafenden Nachbarn nehmend. Meinen Zahnarzttermin hatte ich schon völlig vergessen.

Ich warf mich in den Passat, brummte ein „Moin" und verlangte von Jupp, wenigstens beim nächsten Bäcker zu halten. „Geht nicht, in weniger als zwei Minuten sind wir da." Ich zog fragend die Augenbrauen hoch. „Hassels Friedhof. Wenn dat mal nich ne janz komische Zufall is, jestern warste noch in dä bewussten Kneipe, hück hammer de nächste Tote." „Bitte, Jupp, nicht am frühen Morgen, red so, dass ich verstehe, was du meinst."

„Wie Herr Hauptkommissar wünschen: eine weitere Person männlichen Geschlechts in weiblicher Kleidung hat ungewollt dieses Erdendasein verlassen. Vermittelst einer Schnittwaffe wurde er vom Leben zum Tode befördert. So geschehen vergangene Nacht auf dem Totenacker zu Hassels. So besser?"

Ich fuhr im Sitz herum und starrte ihn an: „ Bist du jetzt völlig durchgedreht?" „Nicht im geringsten. Wir haben eine neue Leiche, direkt hinter den Gebäuden auf dem Friedhof hier in Hassels, gleiches Tatmuster ... und ja, auch der bewusste Schnitt, den wir in

der Pressemeldung unerwähnt gelassen haben, um Trittbrettfahrer und Wichtigtuer aussortieren zu können."
„Ich bin gestern Nacht noch da vorbei gekommen. Irre ... los, fahr direkt durch", meinte ich, da wir mittlerweile in der Einfahrt des Friedhofs standen. Der Bereich um den Turm war mit Flatterband abgesperrt, einige Schaulustige, vorrangig ältere Damen, sowie Pressefotografen drängten sich davor und versuchten einen Blick auf die Geschehnisse zu erhaschen.

Galski und Krause waren auch vor Ort, sie waren mit der Absperrung befasst und notierten sich die Daten von Zeugen. Ich winkte den beiden kurz zu und ging mit Jupp um den Turm herum. Dort lag auf einem schmalen Weg mit Steinplatten der Tote, die Gehwegplatten waren vom Blut dunkel verfärbt. Das Gesicht war in einer Mischung von maßlosem Staunen und unerträglichem Schmerz verzerrt, die Kleidung verrutscht, die Hände in das benachbarte Gebüsch gekrallt. Neben der geschäftsmäßigen Routine der am Tatort befindlichen Kollegen fiel jedoch auf, dass der übliche nonchalante Umgangston untereinander völlig fehlte. Die Brutalität des Verbrechens war selbst für uns, die wir ständig mit den Abgründen der menschlichen Psyche zu tun haben, ungewöhnlich groß.

Ruprecht kam aus der Hocke hoch, sah mich ernst an und sagte: „Ohne etwas vorweg zu nehmen, vermute ich, dass wir hier ein weiteres Opfer des Täters von Himmelgeist haben. Wieder muss der Angriff völlig überraschend und ohne Möglichkeit zur Gegenwehr gekommen sein, ich finde an der Leiche keine Kampfspuren und die Kollegen von der KTU sagen, es wäre auch aus ihrer Sicht nichts dergleichen geschehen. Ich werde schnellstens den Bericht fertig machen, aber auch wenn es euch nicht passt, ich werde ausdrücklich darauf hinweisen, dass ich Tatzusammenhänge sehe und wir vielleicht mit weiteren Opfern rechnen müssen."

„Du weißt, was das bedeutet? Wir dürfen wieder mal eine Sonderkommission bilden und in den anderen Kommissariaten um Mitarbeiter betteln. Na ja, dann werden wir mal losdackeln und dem Chef Bescheid geben. Haben wir schon Infos über den Toten?"

Dieses Mal war Silke Krause mit den Daten beschäftigt: „Der Name ist Jens Pawlick, 26 Jahre, wohnhaft Bunsenstrin Ratingen West, Angestellter bei der Accort Versicherung, alleinstehend. Keine lebenden Verwandten mehr, vor 3 Jahren aus Hamburg hierher gezogen."

„Bestens, Frau Kollegin. Sagen sie mal, wie ist es im Moment auf der Dienststelle in Benrath?", fragte ich mit einem Augenzwinkern. „Och, ganz ruhig im Moment, zum Glück, es ist keine Sonderveranstaltung, demnächst ist wieder die Bierbörse ... aber weshalb fragen sie?"

„Ich gehe davon aus, dass eine Sonderkommission gebildet wird. Es ist zwar unüblich, Kollegen aus dem Streifendienst hinzuzuziehen, aber wenn wir mal annehmen, dass sich der Täter auf den Düsseldorfer Süden beschränkt, dann können uns ihre Kenntnisse der Gegebenheiten sehr nützlich sein."

Krause druckste ein wenig herum, bis sie endlich mit der Sprache raus kam: „Danke für das Angebot, und ich würde es auch sehr gerne annehmen, aber ich bin noch relativ neu auf der Wache, Dirk ist da viel versierter. Ich kenne mich auch noch nicht so gut aus. Er wäre ihnen viel eher eine Hilfe."

Ich war zwar enttäuscht, aber wollte mir nichts anmerken lassen: „Alles klar, dann spreche ich mal mit Galski. Nur werden sie dann für einige Zeit ohne ihn auskommen müssen.“ Sie nickte und schob ab, um ihren Partner zu holen. Der junge Polizeihauptmeister kam mit neugierigem Blick herüber und fragte: „Silke meinte, sie hätten eine Überraschung für mich?“ „Ja, nachdem ich von ihr einen Korb bekommen habe, hoffe ich SIE überzeugen zu können. Ich brauche für die zu erwartende Sonderkommission noch einen Fachmann für den Düsseldorfer Süden. Wie wär's mit ihnen?“ „Ich? Das meinen sie im Ernst? Mann, das wäre klasse ... natürlich mache ich mit. Sofern mein Dienststellenleiter das O.K. gibt, meine ich.“ „Das klären wir schon. Dann könnten sie mir direkt einen Gefallen tun: setzen sie sich mit Sylvia Winkler in Verbindung und holen sie den Computer des Verstorbenen ab. Ich bin sicher, dass unsere PC-Freaks da was finden werden.“ Galski strahlte: „Mach ich sofort!“, drehte sich um und rannte los.

Ich grinste und schüttelte den Kopf. Auch Jupp konnte sich ein Lachen nicht verkneifen, was uns allen in der Situation sicher gut tat. „Sag mal, waren wir damals auch so?“ „Du sicher nicht, so gut hast du nie ausgesehen“, neckte ich ihn und wurde mit Gummihandschuhen beworfen. „Kannst du dir die Wohnung des Toten ansehen? Ich möchte gerne mit unserem Psychologen Dr. Wohlfarth sprechen und ihn als Berater im Team wissen.“ „Mach ruhig, ich fahr dich erst ins Präsidium zurück und erzähl dir dann, was ich bei den Fußballern rausbekommen habe. Und du berichtest mir vom Transen-Treff!“ Ich rollte mit den Augen.

Im Wagen zuckelten wir gemächlich durch den allmorgendlichen Stau in Richtung Düsseldorfer Innenstadt. Auf dem Südring wurde mal wieder gebaut und außerdem hatte eine Messe angefangen, irgendwas mit Unterwäsche.

Jupp führte aus: „Also, meins ist schnell erzählt. Der Vereinsvorsitzende hatte tatsächlich die Liste fertig, als ich bei ihm ankam. Er hat mir dann direkt erzählt, dass die meisten Spieler mit dem Bus gekommen waren oder aber sich von ihren Frauen bringen und abholen ließen. Lediglich einer ist selbst gefahren, mit dem Motorrad, und das hat er direkt vor der Kneipe abgestellt. War also ein Satz mit X. Und bei dir?“

„Das war sehr interessant und informativ. Die Truppe da ist an sich ganz nett, aber von den Ansätzen her völlig unterschiedlich motiviert. Ich glaube nicht, dass wir dort nach einem Täter suchen müssen, aber mir wurde zugesichert, dass man die Ohren und Augen offen halten würde. Und dass ich sofort informiert würde, sobald die was rausbekommen.“

„Soso, und wer ist DIE?“, grinste Jupp mich unverschämt an. Unwirsch konterte ich: „Langsam nervst du, Jupp, das sind doch keine Menschen 2. Klasse. Komm doch endlich mal von deinem hohen Ross herunter, sonst werden wir nie ganz verstehen, was da abgeht und wir tappen weiter im Dunklen herum. Die Leitung der Gruppe hat eine Sarah ... Sarah ...“ „Und weiter?“ „Ähm, Moment ... das gibt’s doch gar nicht, ich hab’ tatsächlich nicht nach dem Nachnamen gefragt.“ Jupp klatschte sich vor Freude auf die Schenkel: „Mann, bist du durch den Wind. Bestell diese Sarah mal ins Präsidium, die will ich mir auch mal ansehen. Oder ich komme beim nächsten Termin mit, um dich zu beschützen, mein kleiner Obelix."

Eingeschnappt hielt ich den Mund und dachte nach. Was war denn nur los mit mir? Da klingelte mein Handy. „Hallo, Herr Oberle. Hier ist Sarah. Sie erinnern sich doch noch, hoffe ich? Ich habe vielleicht ein paar wichtige Hinweise für sie. Sollen wir uns treffen?" Ich räusperte mich: „Hmhhmmm, sicher, das wäre natürlich gut. Wann ist es ihnen möglich?" „Wollen Sie zu mir nach Benrath kommen? Ich habe heute tagsüber jede Menge zu tun, aber gegen 19 Uhr bin ich wieder zu Hause. Ich wohne in einem Apartment auf der Händelstr." „Das passt, aber bei wem soll ich klingeln?" „Stimmt ja, meinen Nachnamen hab ich ihnen ja gar nicht genannt. Klingeln sie bei Rose." Ich verabschiedete mich und blickte Jupp selbstgefällig an. „Der Name ist Rose. Jetzt zufrieden?" „Ja, sofern sie nicht mit Sean Connery zusammenwohnt", kam zur Antwort, als wir auf den Parkplatz vor dem Polizeipräsidium vorfuhren. Jupp ließ mich aussteigen und fuhr direkt nach Ratingen, wo er sich mit Kollegen der örtlichen Polizeidienststelle verabredet hatte.

Ich machte mich auf den Weg zum Büro von Dr. Wohlfarth, der mich in einem kurzen Telefonat direkt eingeladen hatte. Zwei Stunden hatte ich Zeit, dann stand der Termin mit Polizeioberrat Richter an, unserem Chef.

Kapitel 8

-hallooooho, jemand da? Mir ist so langweilig ...

-dann machs dir doch selbst, schlampe ... ☺

-rico, du aas ... verarsch mich nicht. ich bin im moment so rattig, dass ich mir jeden kerl von der strasse holen könnte

-babe, dann nimm doch mich ... ich warte schließlich lange genug schon auf dich. seit 3 monaten chatten wir schon und du geiles luder lässt mich nicht ran ...

-ich hab doch nur etwas angst vor deinen vorstellungen, oder eher respekt, die harte tour reizt extrem mein kopfkino, aber in echt hab ich doch noch nie so was gemacht

-dann wird's zeit, anja, ich führ dich ein ...

-nur wann und wie, das ist noch die frage

-nächste woche findet im kastell in neuss wieder eine fetisch-party statt, da können wir doch einfach mal reinschnuppern. ist mit bühnenprogramm und getränken, du kannst selbst entscheiden, ob du mitmachst oder nicht, ob du dich vorführen lässt oder lieber nur zusiehst. ich war schon mal da und es ist sehr angenehm und stimmig.

---hhhmmmm, nicht schlecht die idee, aber wie komme ich da hin? aufgebrezelt traue ich mich nicht mit öffentlichen verkehrsmitteln. Wie stehen die denn zu transen?

-kein problem, sag mir wo ich dich abholen soll, dann nehme ich dich mit. die schreiben auf ihrer hp extra, dass transvestiten gerne gesehen sind

-lass mir noch was zeit zum überlegen, o.k.?

-dann lass uns wenigstens schon mal nen treffpunkt ausmachen. in welchem stadtteil wohnst du?

-in heerdt, linke rheinseite

-kenn ich, da ist doch der freizeitpark.

-genau, da in der nähe wohne ich. ich kann dann ja da an der ecke auf dich warten, wenn du die heerdter landstrasse langkommst

---stimmt, und da kann ich auch reinfahren und halten, falls du noch nicht da bist, perfekt

-gut, ich schlaf ne nacht drüber und geb dir hier morgen bescheid, bussi und gute nacht

-gute nacht

Der Administrator „Hellfire" loggte sich aus. Genug von dem Chat der beiden, die Informationen reichten aus. Genügend Zeit für die Vorarbeit .Rico und Anja waren sich also einig.

Von wegen gute Nacht, diese Nacht wirst du nicht vergessen, solange du lebst … nur wer weiß, wie lange das noch sein wird.

Die Kleidung muss vorbereitet werden, es muss stimmig sein, wie gesagt. Schwarz wäre natürlich gut, Lack oder Leder ist hier die Frage. Stiefel … ja, Stiefel müssen unbedingt sein, mit viel Metall, Schnallen usw. Handschuhe, ganz wichtig, aber enge, damit man Bewegungsfreiheit hat und sauber arbeiten kann. Vielleicht wird dieses Mal was anderes ausprobiert. Sonst erkennen die von der Polizei noch ein Muster …

Kapitel 9

Schmitz traf vor dem Wohnblock auf die bereits wartenden Kollegen. Man begrüßte sich gerade, als der Mann vom Schlüsseldienst ankam. Sie wiesen sich aus und legten ihm die richterliche Genehmigung zur Öffnung der Wohnung vor.

Einer der Ratinger Polizisten klingelte beim Hausmeister und es ertönte umgehend der Summer und die Haustür sprang auf. Ein kleines Männchen, scheinbar jedes Klischee bedienend, öffnete im Erdgeschoss die Wohnungstür und blickte wie ein neugieriges Frettchen auf die vier Männer. „Tach, die Herren. Was gibt's denn?" „Guten Morgen, in welcher Etage wohnt Herr Pawlick?" „In der 7., aber der ist nicht da, ich hab gehört, wie gestern Abend gegen 11 Uhr der Aufzug aus der 7. runterfuhr, und seit dem ist da keiner mehr hochgefahren."

Jupp blickte erstaunt: „Häh? Sie meinen, sie haben gehört, dass jemand vom obersten Stockwerk runterfuhr? Wie wollen sie das denn hinbekommen?" Der Hausmeister reagierte sauer: „Junger Mann, ich machte den Job hier seit 25 Jahren … und mir entgeht hier nichts … hören sie? Gar nichts. Ich habe einen leichten Schlaf und bekomme alles mit. Und außerdem sind die beiden anderen Wohnungen im 7. nicht vermietet. Und was wollen sie von dem Pawlick?" „Ihn fragen, wann dieses Jahr Weihnachten ist", war Jupps patzige Antwort und dann schob er mit den anderen Männern ab. Er hört noch den Hausmeister etwas brummeln von „Unverschämtheit, das hat man nun von seiner Hilfsbereitschaft", reagierte aber nicht darauf.

Die 7. Etage war ziemlich aufgeräumt und für ein Hochhaus in dieser Gegend relativ gepflegt. Schmitz klingelte zur Vorsicht mehrmals, aber niemand öffnete. Der Mann vom Schlüsseldienst machte sich direkt ans Werk und binnen weniger Minuten war die Tür auf. „Hallo? Hier ist die Polizei. Ist jemand in der Wohnung?“ Wie erwartet, kam keine Reaktion. Vorsichtig betraten die Polizisten die Wohnung. Sämtliche Räume wurden inspiziert, alles war sehr aufgeräumt und für eine Junggesellenbude sehr geschmackvoll eingerichtet.

Jupp forderte telefonisch direkt die Kollegen von der KTU an, griff sich mit behandschuhten Fingern jedoch direkt das auf dem Couchtisch stehende Notebook. Die beiden Kollegen sahen sich etwas genauer in den Schränken um und entdeckten, dass eine Seite des Kleiderschranks im Schlafzimmer mit Frauenkleidung gefüllt war ... darunter einige Teile, die sie gerne an ihren Frauen oder Freundinnen gesehen hätten. Ebenso fanden sich in der Nachttischschublade Sexspielzeug wie Dildos und Vibratoren. Beim Eintreffen der Techniker besprach Jupp sich noch kurz mit ihnen und machte sich auf den Rückweg ins Präsidium.

Ich hatte mittlerweile vor dem Schreibtisch von Dr. Wohlfarth Platz genommen: „Wir haben heute einen Mordfall gemeldet bekommen, von dem wir annehmen, dass er in direktem Zusammenhang mit dem Transvestiten-Mord in Himmelgeist steht, sie haben sicher davon gelesen. Und nun würde ich gerne zum einen ein paar Sachen von ihnen erklärt bekommen und zum anderen möchte ich sie darauf vorbereiten, dass sie uns wohl in der SoKo unterstützen müssen, die vermutlich im Laufe des Nachmittags gebildet wird.“ „Nur zu, ich habe fast mit ihrem Besuch gerechnet. Diese Tat in Himmelgeist war so ungewöhnlich, dass ich befürchtet habe, dass es nicht der einzige

Tote bleiben würde. Aber nun zu ihren Fragen?" „Davon ausgehend, dass wir es wirklich mit einem Serientäter zu tun haben, kann es sein, dass Himmelgeist nicht das erste Opfer war. Aber mich stört es einfach als gesichert anzunehmen, dass es ein Mann ist. Kommt auch eine Frau dafür in Frage?"

„Aus der Sicht des Psychologen in jedem Falle. Auch bei Frauen hat die Gewaltbereitschaft in den letzten Jahren deutlich zugenommen. Entgegen der Ansicht vieler Kollegen glaube ich jedoch, dass bei entsprechender Disposition und Erlebniswelt sehr wohl auch eine Frau zur Serientäterin werden kann. Ob es in diesem Falle auch zutrifft, kann ich noch nicht sagen, da müsste ich erst Mal die Unterlagen zu beiden Fällen lesen. Was die körperlichen Voraussetzungen für die Verletzungen angeht, bin ich der falsche Ansprechpartner, Dr. Vollmer wird das besser beurteilen können. Verwirrend ist jedoch eines: dass beide Morde in zeitlich so kurzem Abstand geschehen sind. Das deutet auf ein hohes Aggressionspotential und eine lang aufgestaute Wut oder Hass hin. Aber die Statistik lehrt uns, dass die meisten Serientäter Männer sind." „Ich will einfach nur verhindern, dass wir mit einem Tunnelblick ermitteln. Was kann der Auslöser sein, da beide Opfer Transvestiten waren?" „Da gibt es viele Möglichkeiten: Hass auf Schwule, Kindheits- oder Jugenderlebnisse. Der Täter war vielleicht selbst Opfer eines Missbrauchs durch einen Transvestiten oder seine Eltern ließen sich scheiden, als die ähnliche Neigung des Vaters offensichtlich wurde. Eine Tat aus dem rechtsradikalen Milieu schließe ich aus, denn ich hab nichts von einem Bekennerschreiben gelesen. Und so eine Gelegenheit, von sich Reden zu machen, lassen sich die braunen Gesellen doch nie entgehen. Insgesamt muss ich aber im Moment vorsichtig argumentieren, da ich die gesamte Sachlage noch nicht kenne." „Ich schicke ihnen gleich über das Intranet die Unterlagen. Ich muss leider los, Richter wartet auf mich. Dem wird die Entwicklung gar nicht schmecken."

Wie Recht ich hatte, merkte ich gleich bei der unterkühlten Begrüßung. „Setzen sie sich, Herr Oberle, heute mal ganz gewagt in rot-weiß? Eine Reminiszenz an das Düsseldorfer Stadtwappen?" Damit spielte er auf meine Vorliebe für Holzfällerhemden an, heute mal rot-weiß kariert. Er konnte es auf den Tod nicht ausstehen, wenn seine Mitarbeiter so „schlunzig" rum liefen, wie er sich auszudrücken pflegte. „Nein, Herr Richter, eher an Fortuna", erwiderte ich daher grinsend. Richter verdrehte in gespielter Verzweiflung die Augen nach oben: „Ich erwarte ja gar nicht, dass aus ihnen ein Modell wird, Oberle, aber etwas dezenter würde doch gehen, meinen sie nicht? Denken sie mal darüber nach. Aber jetzt zum Fall: wie kommen sie nach zwei Vorfällen darauf, dass hier eine Serie vorliegt?" „Die Übereinstimmungen der Opfertypen sowie die Art der Tötung lassen mich vermuten, dass wir mit mehr Vorfällen rechnen müssen, wie sie es nennen. Ich habe bereits Dr. Wohlfarth aufgesucht und ihn um sein Urteil gebeten. Da wir noch am Anfang der Ermittlungen stehen und der Täter ein unglaubliches Tempo vorlegt, möchte ich gewappnet sein und mit einer Soko haben wir die nötige Manpower. Das K 11 kann das nicht alleine schaffen." „Also gut, wir bilden zunächst eine Soko unter ihrer Leitung aus sechs Beamten. Das muss reichen. Irgendwelche speziellen Wünsche?" „Schon, natürlich Schmitz, die beiden Kollegen aus dem Bereich 2 des 11. K, Dr. Wohlfarth, Jambor von der Sitte und ... einen jungen Polizisten von der Wache in Benrath. Ich weiß, das ist ungewöhnlich, aber der Junge ist pfiffig, denkt nach links und rechts und hat sehr gute Ortskenntnisse im Süden. Der scheint ein richtiger Terrier zu werden." „Einverstanden, ich lasse alle betreffenden Leute vom Sekretariat informieren. Ich erwarte jedoch jeden zweiten Tag eine Lage, damit ich der Pressestelle Futter für die schreibende Meute geben kann. Haben sie das heute im Düsseldorfer Blut-Blatt gelesen? Tote Transe von Himmelgeist ... Erschütterung in der Familie Molitor. Der alte Molitor macht mir die Hölle heiß." Er fuhr sich durch die grauen Stoppelhaare und verzog das Gesicht geringschätzig. Eigentlich war er ganz in Ordnung, unser Chef, dachte ich und verabschiedete mich.

Jupp saß bereits an seinem Schreibtisch. „Guck mal, der Kleine hat schon den Rechner von Winkler hergebracht. Ich krieg ihn aber nicht ans Laufen. Das müssen die Techniker machen. Das Notebook von Pawlick ist hingegen wie ein offenes Buch. Der ist ja so ein kleines Ferkel gewesen. Die Fotos von ihm lassen keine Wünsche offen: solo, mit Partner, mit Partnerin, mit mehreren. Da werde sogar ich noch rot. Er nannte sich Doreen und war sicherlich ein Swinger. Er hat in Outlook präzise Buch geführt, über Dates, Treffpunkte usw. Dabei habe ich festgestellt, dass er sich gestern wohl Hals über Kopf mit dem Mörder getroffen hat. Keine langen Vorbereitungen, sondern direkt ein Date. Der muss wohl völlig unter Strom gestanden haben. Sollte mich wundern, wenn wir nicht noch mehr Infos hier drin finden. Aber ich vermute, die Techniker bekommen noch mehr raus." „Ist Galski noch da?", fragte ich. „Er ist nur kurz zur Toilette und sich einen Kaffee holen."

In diesem Moment ging die Tür auf und Galski trat ein. Der Kerl sah wirklich gut aus, mit seinem strahlenden Lächeln und seinem jungenhaften Charme. Er reichte mir die Hand. „Hallo, Herr Oberle, mein DGL hat Gift und Galle gespuckt, als ich von ihrem Vorschlag erzählt habe. Silke ist ein wenig geknickt, aber sie wird's überleben. Ich bin ja nicht für immer weg." „Fein, Herr Kollege, wir halten es weniger formell ... daher: ich heiße Michael, mein Kollege Josef. Tabu ist aber Jupp und mein Spitzname, der gilt nur für enge Freunde." „Der ist nämlich Obelix, und er weiß gaaaaaaaaar nicht, warum ...", alberte Jupp. Galski klopfte mit den Knöcheln auf die Schreibtischplatte und meinte: „Dann bin ich für euch der Dirk. Einen Spitznamen habe ich allerdings nicht." „Wer weiß, vielleicht bekommst du den hier bei uns. So, lies dich bitte in die Aktenlage ein und wenn dir was auffällt, sag es bitte. Und vor allem schlag mal vor, wie du weiter vorgehen würdest."

Dirk nickte und verzog sich an einen freien Tisch in unserem Raum, warf den PC an und hackte sich durch die Daten.

Ein unangenehmer Duft von roher Zwiebel zog durch den Raum. Jupp hatte ein Mettbrötchen mit Zwiebeln ausgepackt. „Isch han dir nen Salätchen aus der Kantine mitjebracht. Isch muss doch auf mein Obelixeken Acht geben,nitt wahr?" „Du hast einfach eine grausame Natur, Jupp, manchmal glaube ich, dass du zu lange mit Verbrechern zu tun gehabt hast und die irgendwie auf dich abgefärbt haben. Oder liegt es nur daran, dass du aus Köln kommst?" Sicherheitshalber hatte ich mich an der Tür postiert, denn postwendend flog mir ein Zettelblock entgegen. „Mah disch fott, do Aap!"

Ich wich dem Geschoss aus und sagte: „Ich bin für heute weg. Gleich ist noch Training und heute Abend der Termin mit Frau Rose." Ich betonte das „Frau" ausdrücklich. Jupp war jedoch eingeschnappt und reagierte nicht. Dirk fragte: „Training?" „Ich mache Aikido und will mich heute ein wenig austoben." „Wo denn?" „Auf der

Helmholtzstrasse. Kennst du das Dojo?“ „Das ist ja ein Zufall, ich hab mich letzte Woche da angemeldet und hab heute das erste Training.“ „Dann schmeiß’ die Sachen hin und komm mit. Wir nehmen den Wagen, Jupp, bis morgen.“

Im Auto erzählte Dirk mir viel von seiner Jugend, wie gerne er damals schon Kampfsport gemacht hätte, aber nie das Geld dafür da war. Jetzt hätte er sich aufgerafft und sei irre aufgeregt. Er fischte vom Rücksitz seine Tasche und zeigte mir stolz seinen Anzug. „Welchen Gurt hast du denn?“ „Ach, nix besonderes, schon ein wenig dunkler.“

Auf der Helmholtzstrasse angekommen, machte sich Dirk an den Papierkram, während ich mich umzog. Der Trainingsraum war groß genug, um ihn für die Ausbildung und das freie Training der Erfahrenen zu unterteilen. Als Dirk fröhlich schwatzend mit seinen Mitschülern den Raum betrat, war ich mit meinen Aufwärmübungen bereits fertig und konzentrierte mich auf einige Kata, vorgeschriebene Bewegungsabläufe, die Körperbewusstsein und Konzentration stärkten.

Mit offenem Mund starrte Dirk zu mir. Ein weiterer Mann trat auf mich zu und verbeugte sich. Wir begannen einen Trainingskampf, bei dem wir abwechselnd dem Gegner Gelegenheit gaben, Techniken auszuprobieren. Dann wechselten wir zu einem regulären Kampf. Mein Gegner war gut und verlangte mir Einiges ab. Aber mit der Zeit siegte die Erfahrung und ich zwang ihn zur Aufgabe.

Dirk und die anderen Neulinge starrten uns mit offenen Mündern an. Dann betrat ihr Trainer die Matte: „Ach, sie haben also schon einen kleinen Eindruck von wahrer Meisterschaft gewonnen.“ Er trat auf mich zu und verbeugte sich. „Sensei, schön, dass du dich mal wieder blicken lässt.“ Ich klopfte ihm auf die Schulter und erwiderte: „Ich hoffe, ich hab dir nicht die Schau gestohlen. Ich geh nach nebenan und mache ein paar Katas. Bis später“, nickte ich Dirk zu.

Nach 90 Minuten stolperte Dirk schweißnass, aber glücklich grinsend, zu mir in den Raum. „Da hast du mich aber ganz schön auflaufen lassen. Den wievielten Dan hast du denn?“ „Den 3., aber sag's nicht weiter im Präsidium. Wie wär's mit einem Bier?“ „Gemacht, ich bin gleich fertig.“

Ich unterhielt mich noch mit ein paar Bekannten im Foyer, als Dirk auf mich zutrat. „Wo soll's denn hingehen, hast du ne Idee?“ „Ich gehe ganz gern ins Café Extrablatt in Urdenbach, gemütliche Atmosphäre und gute Getränke ... und bodenständige Küche“, zwinkerte ich ihm zu. Dort angekommen, fanden wir mit Mühe einen freien Tisch im Biergarten, bestellten uns Braumeisterschnitzel und Schumacher Schmaus mit dem obligaten Alt dazu und genossen die lauwarme Sommerluft.

„Sag mal, Michael, wieso hast du eigentlich gerade mich angesprochen, bei der Soko mitzumachen?“ „Nun, deine Ortskenntnisse sowie Vertrautheit mit den Besonderheiten im Düsseldorfer Süden sowie dein Engagement waren sicher ausschlaggebend. Um aber ehrlich zu sein, ich hatte zuerst deine Kollegin gefragt, da ich auch gerne eine Frau mit im Team gehabt hätte. Aber sie hat direkt abgelehnt und dich vorgeschlagen.“

„Silke ist gelegentlich komisch. Sie hat so viel drauf für eine Anfängerin, stapelt aber oft so tief. Manchmal komme ich gar nicht richtig an sie ran. Sie macht dann total dicht, z.B. als wir die erste Leiche in Himmelgeist gefunden haben. Da war es, als ob sie paralysiert wäre. Aber sonst ist sie eine klasse Kollegin und auch Kumpel.“ Ich blickte nachdenklich in Richtung der Urdenbacher Kämpe und meinte: „Ich hab eher das Gefühl, du wünschst dir, dass sie mehr als nur ein Kumpel wäre, oder täusche ich mich da?“

Dirk wurde knallrot und ließ das Besteck fallen. Er sah aus wie ein beim masturbieren erwischter Junge, und schon drehten sich am Nachbartisch drei junge Frauen um und lächelten ungeniert bei seinem Anblick. „Mund zu, die Goldzähne rosten“, wandte ich einen Lieblingsspruch meines Vaters an. „Ist das so offensichtlich?“ „Selbstverständlich, du streunst um sie herum wie ein verliebter Kater, vielleicht spürt sie das und ist deshalb manchmal abweisend zu dir. Du solltest sie nicht bedrängen ... aber, ganz nebenbei, ich kann dich verstehen, sie ist ein absoluter Kracher, oder wie sagt man heute dazu?“ Dirk grinste: „Wenn ich 14 wäre, dann hieße es wohl „megafett“, aber dann hätte ich mir wirklich ne Ohrfeige verdient. Danke für den Tipp, ich werde wohl ein wenig aufpassen müssen.“ Ich lehnte mich ein wenig zurück: „Du dürftest eh keine Schwierigkeiten haben, jemand kennen zu lernen, schau mal nach rechts, die Mädels schauen dir ganze Zeit zu dir rüber.“ Dirk wagte einen Seitenblick. Tatsächlich, verstohlen drehte eine Brünette, etwas 25 Jahre alte Frau den Kopf und fühlte sich ertappt, als Dirk sie direkt ansah. Nun war es an ihr, rot zu werden und Dirk schenkte ihr sein jungenhaftes Grins, dass wohl auch ihren Freundinnen den Rest gab. Alle drei prosteten uns zu und wir taten Gleiches.

Ich wurde nachdenklich: „Ich werde das Gefühl nicht los, dass sich der Täter auf die südlichen Stadtteil konzentriert. Die Frage ist nur, warum. Es wird wohl kaum sein, weil er in dieser Gegend wohnt, kein Hund pinkelt in seinen eigenen Bau. Vielleicht sollten wir immer wieder mal an den relevanten Orten testweise nachts vorbeifahren." Ich sah auf die Uhr. „Oh Mist, gleich viertel vor sieben, ich hab noch einen Termin. Kann ich dich noch irgendwo absetzen?" „Lass mal", meinte Dirk, „ich glaube, ich bleib noch was hier" und winkte mit zwei Fingern zu den drei Frauen rüber. „Alles klar, bis morgen dann um halb acht im Präsidium, um acht Uhr ist Lage mit dem Chef."

Ich rannte zum Wagen und raste los. Vorbei an den alten gedrungenen Fachwerkhäusern, die den Charme dieses Dorfes in der Stadt ausmachen, vorbei am Benrather Krankenhaus und noch vor der Orangerie des Schlosses in die Händelstrasse abbiegen. So, das musste das Haus sein. Das Namensschild Rose war auch da. Ein wenig zögerlich klingelte ich und wenige Sekunden danach kam ein „Hallo" durch die Sprechanlage. „Hier ist Michael Oberle."

„Hallo, Herr Kommissar, schön, dass sie so pünktlich sind, kommen sie doch rein", wurde ich an der Tür begrüßt. Sarah Rose trug einen schwarzen eleganten Hosenanzug, fast wie ein Banker. Die langen roten Haare waren auf dem Hinterkopf zu einem Knoten gebunden, was sie fast wie eine Lehrerin aussehen ließ. Ich reichte ihr die Hand: „Guten Tag, Frau Rose, ich bin sehr gespannt, was sie an Neuigkeiten für mich haben." „Waren wir nicht schon bei „Sarah" angekommen?", meinte sie lächelnd. Verlegen räusperte ich mich, dieser Mensch verunsicherte mich jedes Mal. „Also, Sarah, was gibt's denn Interessantes?" „Ich weiß nicht, ob es ihnen weiterhilft, aber wir haben uns umgehört. Dabei haben wir festgestellt, dass Josy sich verstärkt für das Thema SM interessiert hat. Sie hatte sich in verschiedenen Communities eingetragen und manche von uns, die ähnliche Neigungen haben, sind dort über sie gestolpert. Sie muss wohl auch schon erste Dates gehabt haben und regelmäßige Chat-Partner. Da sie sich bei uns nur noch selten blicken ließ und sie, Herr Kommissar, von Linda Molitor ja bereits den Hinweis auf die SM-Szene bekommen haben, vermutete ich, dass ihre Suche nach dem Täter dort ergiebiger sein dürfte."

Ich grinste leicht diabolisch: „Oder sie als intelligente Frau erzählen mir das alles, um mich von einem Täter aus ihren Kreisen oder von sich selbst abzulenken." Sie schlug mir lachend mit der Hand aufs Knie. „Stimmt, sie haben mich überführt, nur legen sie mir keine Handschellen an, sonst komme ich noch auf ziemlich unchristliche Gedanken, mein Lieber." Es durchzuckte mich wie ein elektrischer Schlag. Ihre Berührung war sanft und doch bildete ich mir eine Eindeutigkeit ein, wie ich diese Geste zu deuten hätte. „Nein, jetzt mal im Ernst, natürlich müssen sie auch in der TV-Szene weiter nachforschen, aber ich will verhindern, dass sie sich in etwas verrennen. Darf ich ihnen jetzt etwas anbieten? Kaffee, Tee, einen Portwein ... oder lieber ein Bier?" „Am liebsten wäre mir jetzt wirklich ein schwarzer Tee, stark, mit Sahne und viel Zucker ... aber das wäre sicher ein wenig viel verlangt." Sarah nickte anerkennend: „Da kann ich ihnen schon etwas Leckeres anbieten. Sie haben die Wahl zwischen einem kräftigen grusinischen Vollblatt und einem feinen Hochlandtee aus Sri Lanka, aus Nuwara Eliya. Rohrzucker, Kandis oder Grümmel dazu?"

Ich war platt. Hatte Sarah Rose denn zu jedem Thema etwas beizutragen, und das auch noch mit Kompetenz? Tee war meine große Leidenschaft und die beiden angebotenen Sorten lagen genau auf meiner Wellenlänge. Ich entschied mich für den Hochlandtee mit

Rohrzucker und Sahne. Während sie ihn zubereitete, sah ich mich ein wenig im Wohnzimmer um. Sie ahnte das wohl, denn aus der Küche kam: „Dies ist kein Museum, sie dürfen die Sachen auch in die Hand nehmen." Kopfschüttelnd grinste ich, diese Frau (interessant, ich sprach nur noch als Frau von Sarah Rose) schien Röntgenaugen zu haben. Der Raum war groß, ca. 40 qm, mit dunklen Echtholzdielen, weißen marmorierten Wänden und Stilmöbeln ausgestattet. Als Kontrapunkt zu der eher klassischen Einrichtung war die Auswahl der Kunst eher modern: Skulpturen von Jörg Schirmer, eine Videoinstallation von André Yuen und Foto-Verfremdungen von Michael Fell gaben sich ein Stelldichein mit Werken von Liechtenstein und Lüpertz. Neugierig geworden nahm ich eine Holzskulptur in die Hand und fragte, als Sarah mit einem Tablett ins Wohnzimmer kam: „Sehr interessante Stücke haben sie da, nicht, dass ich was davon verstehe, aber sie regen zum Nachdenken und Verweilen an. Aber sicher sind die Dinger doch sauteuer?"

„Sicher, man bekommt sie nicht am Wehrhahn bei Karstadt, aber da ich einige von den Künstlern kenne, bekam ich Freundschaftspreise. Bevor sie die Frage stellen: ich stamme aus einer nicht unvermögenden Familie und bin selbst als Psychologin tätig. Damit haben wir dann auch die Peinlichkeit mit dem Geld hinter uns." Es war entwaffnend, wie diese Person scheinbar meine Gedanken las. Wir nahmen nebeneinander auf der Couch Platz. Der Tee war ausgezeichnet und ich lehnte mich entspannt zurück. „Jetzt müssen wir uns nur noch Gedanken machen, wie wir am besten im besagten Fetischbereich ermitteln. Wir werden da wohl unsere Spezialisten hinzu bitten müssen." „Genauere Tipps bekommen sie von mir, ich habe ihnen schon eine Liste mit relevanten Homepages,

Communities und Treffpunkten aufgeschrieben. Nur sagen sie bitte nicht, woher sie die Info haben, der eine oder andere Fetischfan könnte etwas sauer reagieren, wenn sie Unruhe in die Szene bringen. Wenn sie allerdings selbst aktiv werden wollen, kann ich mich ihnen als Scout anbieten!" Damit reichte sie mir ein Blatt, auf dem ca. 15 Internetadressen und Szene-Clubs standen. Ich blickte sie überrascht an. „Scout? Wie meinen sie das?" „Nun, wenn sie sicher sein sollten, dass ICH als Täterin nicht in Frage komme, dann bin ich gerne bereit, sie in Clubs zu begleiten, natürlich inkognito, sodass sie sich einen Eindruck verschaffen können und ich ihnen auch mögliche Kontakte von Josy zeigen kann. Das bedingt jedoch, dass sie sich vom Outfit her ein wenig anpassen, sonst fliegen wir direkt auf." „Und was wäre da passend ... äh, ich meine ... WENN ich sie einbeziehe, quasi als Beraterin?" „Schwarz ist immer gut, Leder auch, sie brauchen ja keinen Harness oder Jocks tragen. Und verzichten sie vor allem auf Accessoires wie Hundehalsbänder oder ähnlichen Mist, dadurch fallen sie als Kerl direkt auf. Oder wollen sie als mein Schoßhündchen mitgehen?" Kokett strahlte sie mich an. Langsam nahm meine Sicherheit zu und ich erwiderte: „Das sicher nicht, aber so eine Lady wie sie an meiner Seite würde meine Glaubwürdigkeit sicher erhöhen. Vielleicht bin ich ja ein Bekannter aus Süddeutschland, meinen schwäbischen Dialekt hab ich ja noch nicht ganz verlernt." „Alles, nur das nicht ... keine Dialekte ... bei einer Clubparty präsentierte sich ein Dom aus Chemnitz mit seiner Subbie ... wissen sie, wie albern es sich anhört, wenn jemand stark sächselnd „Auf die Knie, du Bitch" sagt?" Schallend lachten wir beide bei der Vorstellung und dieses Mal legte ich unbewusst eine Hand auf Sarahs Knie. Sie ließ es geschehen, als wären wir seit Jahren Vertraute und langsam fühlte ich mich auch so. Es machte einfach Spaß, sich mit Sarah Rose zu unterhalten. Doch plötzlich erstarrte ich. Sarahs Hand lag plötzlich auf meiner und sie blickte mich direkt an. „Ich mag dich, Kommissar Oberle, deshalb stört mich das SIE schon sehr. Wollen wir nicht du sagen?“ Verlegen kratzte ich mich am Kopf. „Ein wenig schwierig könnte es schon werden, an sich bin ich einverstanden, nur wäre es sicher besser, wenn wir vor Kollegen beim sie bleiben. Geht das für dich in Ordnung?“ „Gut, dann versuchen wir uns zu konzentrieren. Aber jetzt müssen wir auch Brüderschaft trinken, und sei es auch nur mit Ceylon-Tee.“ Damit hoben wir die Tassen, verschränkten die Arme ineinander und tranken einen Schluck. „Wenn, dann auch richtig“, meinte Sarah, rückte ein wenig näher, nahm mein Gesicht in beide Hände und drückte sanft ihre Lippen auf meine. Und plötzlich war von meiner Steifheit keine Spur mehr da. Ich roch ihr Parfum, hörte ihre Bluse rascheln, spürte ihre weiche Haut und als wäre es das Selbstverständlichste der Welt, öffnete ich meine Lippen, als ich Sarahs Zunge an ihnen spürte. Ihre Zungenspitze spielte einen Augenblick mit meiner und zog sich nach ein-zwei Sekunden zurück. Dieser Bruderschaftskuss war sicher der intensivste, den ich je gehabt hatte, und vor allem nicht mit einem Kerl, schoss es mir durch den Kopf.

Ein wenig verwirrt lehnten wir uns beide wieder zurück und Sarah nahm der Situation alles Befremdliche, indem sie sagte: „Ich weiß, was jetzt in deinem Kopf rumspukt ... lass dir einfach Zeit, darüber nachzudenken, und wenn du magst, reden wir ganz offen. So, und nun sprechen wir weiter über den Fall.“ „Gut, Sarah, hast du morgen Vormittag Zeit? Ich würde dir gerne einige Unterlagen und Fotos im Präsidium zeigen. So gegen 11 Uhr?“ „Einverstanden, ich bin pünktlich ... und ich verstehe, dass du jetzt gehen möchtest. Wir sehen uns also morgen früh.“ Ich nickte und sie begleitete mich zur

Tür. Einer inneren Eingebung folgend gab ich ihr nicht die Hand, sondern umarmte sie, wie ich es sonst bei guten Freundinnen tat. Sie sträubte sich nicht, schmiegte sich an mich und legte den Kopf an meine Schulter. Sie hauchte: „Schön, dass du da warst, Michael ... und schön, dass wir jetzt Freunde sind!“ Sie warf mir noch einen Handkuss zu und dann schloss sich die Wohnungstür. Mit einer Mischung aus Hochgefühl und völliger Verwirrung fuhr ich nach Hause.

Kapitel 10

So, hab ich alles eingepackt, was ich brauche? Das Messer, die Handschuhe, Stiefel, Ledermantel, Kabelbinder für den Notfall, Panzerband zum Zukleben des Mundes ... das sollte eigentlich reichen.

Der Wagen ist voll getankt. Reinigungstücher sind im Kofferraum. Dann kann es losgehen. Die Strassen sind leer, kein Wunder um diese Uhrzeit. Gestern hatten die Beiden noch mal gechattet und sich für heute um 22 Uhr auf dem Parkplatz in Heerdt verabredet. Wie praktisch ist es doch, dass man als Administrator einer Community sich in alle Chats einschalten kann. Sicher war die Schlampe ein wenig früher da, das machte sie wohl immer so, zumindest hatte sie das in früheren Chats mit anderen Kerlen angegeben. So war es also möglich, sie alleine zu erwischen und der Kerl würde statt des Dreckstücks nur noch totes Fleisch antreffen. Wer weiß, vielleicht macht er sogar Fehler und die Bullen sind dann hinter IHM her. Gute Idee, fein ausgedacht.

Na los, du Opa mit Hut in deinem Audi 80, das rechte Pedal, wir sind hier nicht mit dem Rollator unterwegs. Dann eben mit der Lichthupe. Na bitte, geht doch.

So, rechts ist der Autohändler, dann müsste gleich rechts die Einfahrt zum Freizeitpark sein. So, das hat ja gut geklappt. Da ganz hinten, direkt am Eingang ist ein Gebüsch, da kann ich meinen Wagen abstellen und werde nicht gesehen.

Ein silbergrauer Golf bog in die kleine Stichstrasse am Freizeitpark ein und rollte langsam an den Parktaschen vorbei. Sicher war Rico noch nicht da, da konnte man erst noch mal eine Zigarette rauchen. Er lenkte den Wagen kurz vor dem Eingang der Anlage in eine der Parktaschen. Mist, stockdunkel hier, keine Laterne an, Scheiß Sparmaßnahmen. Er hatte den Wagen rückwärts auf den Platz rangiert und war bereits nur mit Standlicht gefahren, um möglichst keine Aufmerksamkeit zu erregen.

Da sah er zwei Scheinwerfer keine 20 Meter von sich entfernt aufblinken. Rico war also doch schon da, drei Mal blinken war das vereinbarte Zeichen. Er blickte nochmals in den Spiegel, überprüfte Make-up und den Sitz der Perücke, atmete noch einmal tief durch und stieg dann aus. Unsicher auf den hochhackigen Pumps stelzte er in Richtung der Scheinwerfer, die, jetzt dunkel, nur durch Lichtreflexe weit entfernter Autos zu ahnen waren. Er trat an die Fahrertür, beugte sich vor und klopfte an die Scheibe: „Hallo, Rico, du bist aber früh dran. Soll ich hinter dir herfahren?“ Mist, war das dunkel. Er konnte kaum erkennen, was sich im Wageninneren befand.

In diesem Augenblick tippte jemand auf seine Schulter. Zu Tode erschrocken drehte er sich blitzschnell um und sah eine pechschwarze Gestalt vor sich. „Rico, du Arsch, wie kannst du mich so erschrecken? Ich dachte, mein Herz bleibt stehen ... na gut, wie gefalle ich dir denn? Meinst du, so kann ich mich auf der Party blicken lassen?“ Als Antwort kam nur ein Räuspern ... gefolgt von einer blitzartigen Armbewegung des schwarzen Phantoms. Der Transvestit Anja versuchte die Arme zum Schutz hochzureißen, aber diese Bewegung kam Sekundenbruchteile zu spät. Die Klinge glitt durch Anjas Finger, trennte die oberen Glieder von Zeige-, Mittel- und

Ringfinger ab und fuhr in seiner Kreisbewegung durch die Kehle des Opfers. Gurgelnd griff er sich an den Hals, versuchte verzweifelt die Blutung zu stoppen. Da schoss das Messer nochmals heran, drang in Höhe des Nabels in die Bauchhöhle ein und wurde mit einem gewaltigen Ruck hochgerissen. Der Transvestit sank zu Boden und bevor ihn ein gnädiger Schock bewusstlos werden ließ, vernahm er noch das Knirschen von langsam rollenden Autoreifen. Ein letzter Atemzug, der pfeifend durch die durchtrennte Kehle kam, schäumendes Blut an der Wunde … dann lag Anja, im realen Leben Frank, leblos auf dem staubigen Parkplatz.

Mist, der Kerl ist auch zu früh da. Dass diese notgeilen Kerle auch immer Probleme machen. Jetzt kriege ich dieses Miststück doch nicht mehr unauffällig weg von meinem Wagen. So … selbst dran schuld, was kommt er auch nicht zur vereinbarten Zeit. Am besten, ich verstecke mich hinter dem Wagen. Dann sieht er erst mal die tote Schlampe und ist abgelenkt. Mal sehen, was er dann macht.

Rico stieg aus und blickte sich um. Nur ein weiterer Wagen war hier abgestellt. War dies das Fahrzeug von Anja, dem kleinen Biest? Schon möglich, wer sollte sich auch sonst um diese Uhrzeit hier rumtreiben, die Motorhaube ist ja noch warm. Er blickte ins Wageninnere, konnte aber keine Person darin erkennen. Ratlos blickte er sich um. Moment mal, da steht doch noch ein Auto, ein Mini. Ist DAS vielleicht ihrer? Langsam ging er zu dem Fahrzeug, leise fluchend, dass er keine Taschenlampe genommen hatte. Es war kaum etwas zu sehen, so stockdunkel war es hier. In diesem Moment stolperte er und wäre fast gestürzt. Was lag denn da? Er beugte sich herunter, nahm aus seiner Jacke ein Feuerzeug und machte es an. Was sich seinen Augen da bot, ließ ihn zurück fahren und laut aufschreien. Weit aufgerissene Augen, eine verrutschte blonde Perücke, Unmengen Blut auf der Haut … diese Bilder brannten sich in seinen Gedanken ein. Er hielt sich die Hand vor den Mund, rief „Anja“, traute sich aber nicht, sich dem Toten nochmals zu nähern. Verzweifelt und orientierungslos ging er auf und ab, überlegte, was zu tun sei … und kam dabei sehr nah an das Heck des Mini heran. Auf einmal spürte er einen Schlag im Rücken, eine Hand in einem Lederhandschuh legte sich hart über seinen Mund und er fühlte die Schärfe einer Messerklinge an seinem Hals. Eine raue Stimme flüsterte: „Wird wohl nix mit eurem schönen Abend, was? Du hättest wohl gerne dieses kleine miese Stück Scheiße gefickt, hä? Und was sagt deine Frau zu deinem Treiben? Hast du eine Ahnung, was in DER vorgeht, wenn du so was Abscheuliches tust?“ Das Phantom wartete keine Antwort ab, auch wenn Rico kaum in der Lage gewesen wäre, eine zu geben. Mit einer fast beiläufigen Handbewegung durchtrennte es direkt am Adamsapfel den Hals und bog Ricos Kopf nach hinten. In einem weiten Bogen schoss das Blut aus seinem Hals und mit vor Grauen starren Augen sank er in die Knie, sein Kopf nach vorne beugend. Das Phantom setzte die Klingenspitze auf seinem Nacken an, packte den Griff mit beiden Händen und stieß mit unglaublicher Wucht das Messer fast bis zum Heft in den Nacken. Rico kippte nach vorne und riss die Person mit sich, da sie das Messer immer noch fest umklammert hielt. Das Phantom zerrte an der Waffe, die sich in der Wunde festgesaugt zu haben schien, ruckte hin und her und bekam mit Mühe das Messer wieder frei. Die Leiche des Transvestiten wurde aus dem Weg geschoben und Sekunden später fuhr der Mini mit durchdrehenden Reifen davon.

Kapitel 11

Es war 9 Uhr, als ich im Präsidium eintraf. Die Nacht war mehr als unruhig gewesen. Es hatte sicherlich bis 2 Uhr morgens gedauert, bis ich langsam in einen unruhigen Schlaf wegdämmerte. Das Gespräch mit Sarah hatte mich völlig aufgewühlt, denn der so genannte Bruderschaftskuss hatte mich total entgleisen lassen. Und der mir noch vage erinnerliche Inhalt meiner Träume war ganz sicher nicht jugendfrei. So konnte ich nur hoffen, dass die Begegnung heute mit Sarah unauffällig ablief.

Im Wartebereich saßen Gustav und Linda Molitor, die ich aber völlig übersah. Dies mochte der Grund sein, weshalb der Alte aufsprang, als ich grußlos vorbei ging und mir von hinten auf die Schulter tippte: „Schön, dass unsere Polizei auch mal anfängt zu arbeiten ... kein Wunder, dass nach wie vor nichts über den Täter bekannt ist. Was muss denn noch alles passieren, bis sie endlich in die Hufe kommen, Oberle? Ich sollte dringend mit dem Polizeipräsidenten reden, ob sie nicht ein wenig überfordert mit dem Fall sind.“ Linda Molitor stand hinter ihm und blickte mich kopfschüttelnd an, ihr war der Auftritt ihres Vaters offenbar peinlich. „Na dann versuchen wir es doch einfach mal zunächst mit guter Kinderstube. Guten Morgen, Frau Molitor, guten Morgen Herr Molitor. Und nun zu ihrer Frage: ich werde mich an sie wenden, wenn ICH glaube, dass es etwas gibt, was ihnen mitzuteilen ist. DAS ist jedoch im Moment nicht der Fall. Es bleibt ihnen natürlich freigestellt, sich über mich zu beschweren, ich denke aber nicht, dass dadurch der Fall schneller geklärt wird. Und jetzt wäre ich ihnen dankbar, wenn sie mich nicht weiter aufhalten würden, sofern es nichts Wichtiges zu klären gibt.“

Während meiner Rede war Molitor puterrot im Gesicht angelaufen. Das letzte Mal hatte ihn vermutlich ein Lehrer in der Schule derartig abgekanzelt. Ich hatte mich schon umgedreht und war weiter unterwegs in Richtung meines Büros, als er mir hinterher eilte, mich an der Schulter packte und herumriss: „Was fällt ihnen ein, sie kleines Würstchen? Immerhin werden SIE von meinen Steuergeldern bezahlt. Ich werde sie fertig machen, sie ... sie ...“ Mit jedem „sie“ stieß er mich mit beiden Händen gegen die Brust, sodass ich taumelte. „Ich rate ihnen dringend, das zu unterlassen, Herr Molitor. Bitte beruhigen sie sich und lassen sie sich von ihrer Tochter nach Hause fahren.“ Statt einer Antwort sah ich, wie sich sein Gesicht zu einem bösartigen, hämischen Grinsen verzog, geboren aus der scheinbaren Sicherheit, wegen seiner Kontakte und seines Geldes unantastbar zu sein. Er hob die Arme zu einem weiteren Stoß, den er jedoch nicht mehr ausführen konnte. Ich tauchte unter seinen Armen weg und ergriff zeitgleich sein linkes Handgelenk, presste meinen Daumen in einen Nervenpunkt zwischen Daumen und Zeigefinger, drehte ihm den Arm auf den Rücken und presste ihn mit dem gesamten Körper gegen die Mauer. Laut stöhnte Molitor auf, ich sah seinen Kopf immer roter werden und flüsterte ihm ins Ohr: „Warum führst du dich so auf, für einen Kerl, den du doch nur verachtest hast? Ist es das wert? Ich sag's dir jetzt das letzte Mal, Molitor, beruhige dich, oder du hast neben einem schmerzenden Arm auch noch eine Anzeige am Hals. Was meinst du, wie sich das in der Presse macht? Jeder weiß doch, dass du nicht das erste Mal handgreiflich wirst, vor allem gegenüber deinen Mitarbeitern!“ Ich spielte damit auf die immer wiederkehrenden Artikel in der Düsseldorfer Lokalpresse an, wonach Molitor schon mehrfach unliebsame und renitente Mitarbeiter mit Schlägen oder Tritten malträtiert hatte, Es war jedoch nie zu Verfahren gekommen, da die betreffenden Personen mit Geld ruhig gestellt wurden. „Frau Molitor, wären sie so nett, ihren Vater nach Hause zu fahren? Ich glaube, er wird sich sicher gerne etwas hinlegen wollen. Ich rufe sie an, sobald es etwas Neues gibt.“ Dankbar grinste sie mich an und hakte ihren Vater unter, der, inzwischen kreidebleich, sein Handgelenk rieb und jeden Blickkontakt mit mir vermied. Ich musste davon ausgehen, dass ich mir damit einen Feind fürs Leben geschaffen hatte.

Jupp und Dirk saßen schon vor ihren Computern und hoben fragend ihre Köpfe, als ich das Büro betrat. „Und? Wat is bei däm Date mit dä Fummeltriene rausjekommen?“ „Nun hör aber endlich auf“, fuhr ich Jupp an, „ist es wirklich nötig, dass du immer auf der gleichen Nummer rumreitest? Langsam wird’s albern.“ Ich berichtete ihnen kurz von dem Vorfall mit Molitor, über den Jupp nur den Kopf schüttelte. Dirk zeigte wie ein Erstklässler mit dem Kuli auf und meinte: „Wenn ich die Herren Kollegen in ihrem fachlichen Disput mal stören dürfte, ich hab von den Technikern die Ergebnisse der Computerauswertung bekommen. Irgendjemand Interesse daran?“ „Schieß los“, brummte ich. „Es sind auf dem PC von Josef Winkler genau wie auf dem von Jens Pawlick die üblichen Surf-Spuren zu finden, ein paar Porno-Seiten, einschlägige Chat-Rooms für Transvestiten, spannend sind jedoch die Besuche auf der Seite www.palace-of-pain.de, da waren nämlich beide angemeldet. Unsere PC-Schrauber haben Kontakt mit den Betreibern der Seite aufgenommen und sogar ein paar Datensätze bekommen, leider nur aus der letzten Woche, der Rest ist aus Kapazitätsgründen gelöscht. Und jetzt kommt’s: beide haben noch am Tag vor dem Mord mit Personen wegen eines Dates gechattet. Leider ist die Person nicht identisch, zumindest nicht laut der IP-Adresse, die konkreten Daten sind sowieso gefälscht. Die Betreiber machen noch keine Anmeldung mit der Personalausweis-Nummer. Also nur eine vage Ahnung für uns. Ach ja, das Wichtigste: beide waren, scheinbar ohne voneinander zu wissen, auf der gleichen Fetisch-Party, in einem Klub in Neuss-Holzheim, auf der Ziegeleistrasse. Sie waren zwar mit unterschiedlichen Personen verabredet, aber möglicherweise gibt es da Querverbindungen. Die Partys finden regelmäßig statt, unter dem Namen „Tabernacle of Torture". Das ist doch schon mal was."

Ich nickte zufrieden. Das bestätigte die Informationen, die ich gestern von Sarah erhalten hatte. Ich berichtete den Beiden von den Inhalten meines Besuches, konnte mich jedoch des Eindrucks nicht erwehren, dass Jupp mehr ahnte. So zumindest deutete ich sein unverschämtes Grinsen.

Es klopfte an der Tür. Nach Dirks „Herein" trat Sarah ein, in einem anthrazitfarbenen Kostüm mit dunkelroter Bluse. Mir stockte der Atem und sie trat ganz selbstsicher auf mich zu und reichte mir die Hand: „Guten Tag, Herr Oberle, da bin ich. Dann lassen sie uns mal loslegen." Ich hielt ihre Hand sicherlich etwas länger als nötig und stellte dann meine Kollegen vor. „Dies sind Kommissar Schmitz und Polizeihauptmeister Galski." Dirk sprang auf und machte fast einen Diener, mit offenem Mund und starrem Blick. Jupp jedoch blickte nur hoch, brummte ein „Morjen" und übersah geflissentlich die dargebotene Hand zur Begrüßung. Sarah lächelte belustigt, nahm mir gegenüber auf einem Besucherstuhl Platz und wurde direkt von Dirk mit einem Kaffee versorgt. Sarah bedankte sich bei ihm mit einem Blick, der Eis zum Schmelzen gebracht hätte und der Kleine stolperte bei dem Versuch, rückwärts zu seinem Stuhl zu gehen. Sie übersah diesen kleinen Fauxpas höflich und wandte sich mit fragendem Blick wieder mir zu. „Sagt ihnen der Begriff „Tabernacle of Torture" etwas,

Frau Rose?“ Sie nickte: „Ja, den kenne ich, es handelt sich dabei um SM-Fetisch-Partys in einem Klub in Neuss Holzheim. Die Veranstaltungen finden regelmäßig statt, oft mit wechselnden Themen. Insofern sind dort auch Transvestiten häufiger zu Gast. Weshalb fragen sie?“ „Beide Ermordete waren Mitglieder bei palace-of-pain.de und haben die gleiche Party besucht. Da bietet sich möglicherweise ein Ansatz. Ach ja, schauen sie sich bitte mal dieses Foto an, das ist der zweite Tote. Er nannte sich Doreen und er wurde auf dem Friedhof in Hassels ermordet, am Abend, als wir uns im Café „Sündenfall“ trafen.“ Sarah betrachtete das Foto eingehend, stellte dann aber fest: „Nein, den kenne ich nicht, tut mir leid. Weder aus dem Café, noch von den Partys.“ Ich blickte sie fragend an. „Ja, ich habe auch schon Veranstaltungen in Holzheim besucht. Übermorgen ist wieder eine, da wollte ich eigentlich hin. Was halten sie davon, wenn sie mich begleiten und sich mal einen Eindruck verschaffen?“ Ich überlegte kurz, sah Jupps geringschätzigen Blick und sagte trotzig: „Tja, das wird wohl das Beste sein, denn so kommen wir nicht weiter. Meinen Kollegen will ich das Wochenende nicht versauen, die haben seit langer Zeit das erste mal keine Rufbereitschaft.“ Dieser Seitenhieb saß, denn der Exil-Kölner hatte den Kopf gesenkt und schwafelte etwas wie: „Schwadlapp“, was von mir zu seinem Erstaunen mit „Jrummelspott“ beantwortet wurde. Jaja, auch ich hatte mir ein paar kölnische Schimpfworte angeeignet.

Sarah reichte mir zum Abschied die Hand: „Dann treffen wir uns Samstag um 21 Uhr auf dem Parkplatz des Clubs auf der Ziegeleistrasse. Und achten sie darauf, dass sie angemessene passende Kleidung tragen.“ „Ähhhh, und was ist angemessen?“, fragte ich. „Herr Kommissar, sie sind doch ein erfahrener Ermittler, DAS werden sie doch sicher selbst rausbekommen“, gab sie provozierend lächelnd zur Antwort. Von Dirk verabschiedete sie sich mit einem freundlichen Winken, Jupp wurde jedoch ignoriert.

Kaum hatte Sarah das Büro verlassen, da klingelte das Telefon. Jupp nahm den Hörer ab, hörte sich kommentarlos die Nachricht an und sagte dann: „Jungs, es geht los, wieder was zu tun, möglicherweise war unser Tuntenkiller wieder fleißig."

Dirk saß am Steuer und ich unterhielt mich von der Rückbank aus mit Jupp: „Sag mal, was ist eigentlich mit dir los? Du bist doch sonst so ein toleranter Mensch, weshalb machst du jetzt einen auf Spießbürger?" „Hör mal, Obelix, jeder hat so seine Macken und ich kann an sich mit dem schwulen Volk nichts anfangen, vor allem nicht, wenn sie auch noch Weiberklamotten anziehen. Es ekelt mich an und ich finde es einfach nur zum kotzen." „Ich kann es zwar nachvollziehen, du bist überzeugter Hetero, aber mal im Ernst: ist es nicht ein wenig primitiv, einen Menschen ausschließlich wegen seiner sexuellen Orientierung zu verurteilen? Wir hatten so was schon mal, vor über 60 Jahren, und du weißt ja, was dabei raus gekommen ist." Jupp kläffte mich wütend an: „Setz misch nitt mit dem braunen Jesocks gleich, do fiese Möpp!" Damit schien die Diskussion für ihn beendet zu sein, denn demonstrativ drehte er sich nach vorne und begann im neuen „Spiegel" zu blättern.

Wir kamen in Heerdt an. Die Kollegen der Wache in Oberkassel hatten den Tatort weiträumig abgesteckt. Die Spezialisten der KTU hatten jedoch nicht einmal „Doc" Vollmer näher an den Stelle gelassen und stattdessen großformatige Geräte, Messstangen und Reflektoren aufgebaut. In ihren weißen Overalls war es nicht schwer zu erraten, weshalb sie bei uns nur den Spitznamen „Spusi-Hobbits" trugen. Weit hatten sie es ja eh nicht gehabt, ihre Dienststelle war aufgrund der besonderen Raumbedürfnisse in einem Gewerbegebiet an der Heerdter Landstrasse untergebracht. Ich sah den Leiter des Teams fragend an und dieser erklärte stolz: „Hallo, Obelix, dolle Sache, was? Ich bin gerade von 'nem Lehrgang zurück, wir machen jetzt die Tatorterfassung mittels 3D-Laser-Scanner und schaffen somit ein exaktes dreidimensionales Abbild des Tatorts im Computer. So kann uns eigentlich nichts mehr entgehen.“ Ich blickte in seine strahlenden Augen, die wie ein Kind nach einer 1 in Mathe um Lob bettelten. „Spannend, fast wie bei Enterprise oder CSI. Und wann kann ich was Genaueres von euch haben?“ „Das dauert schon ein paar Tage, muss ja alles gesichtet werden.“ „Komisch“, meinte Jupp, „fröher jing dat ever schneller! Noh maht mal Platz, mer müsse arbeide.“ Damit drängte er sich vorbei und trat an die Leichen heran. „Obelix, guck mal, da sind zwei, ein Mann und ein Transvestit.“ Er hockte vor den Opfern, blickte mich erwartungsvoll ob seiner Formulierung an, die ich wohl als Friedensangebot verstehen sollte. Ich brummte nur, suchte nach Vollmer und bat ihn: „Ruprecht, ich brauch dringend Infos, sag mir bitte so schnell wie möglich Bescheid, auch gerne Zwischenergebnisse. Es hängt viel davon ab.“ Ich dachte dabei an meinen Termin mit Sarah in Neuss.

„Klar, mach ich, du kennst ja den Tarif“, erwiderte er charmant grinsend.

Dirk hatte inzwischen mit seinen Streifen-Kollegen gesprochen, welche die ersten Informationen gesammelt hatten. „Also, der Transvestit heißt Frank Dressler, so zumindest nehmen wir an, da das eine Fahrzeug auf diesen Namen zugelassen ist und wir dort eine Damenhandtasche gefunden haben. 28 Jahre alt, wohnhaft

Schanzenstrasse in Oberkassel, Dekorateur. Der Mann ist, nach den Papieren, die wir gefunden haben, Richard Lemberger. Auf diesen Namen ist auch der Wagen zugelassen. 32 Jahre, wohnhaft in Meerbusch Büderich, Hindenburgstrasse. Tatzeugen scheinen nicht zu existieren, die Meldung kam von einer älteren Dame, die ihren Hund ausführte. Die Kollegen haben sie in den Einsatzwagen gesetzt, ihr ist ein bisschen flau, kein Wunder. Sie ist gegen 10 Uhr hier vorbeigekommen und ihr Hund hat sie mehr oder weniger zum Tatort gelotst."

„Klasse, Dirk, kümmere dich doch bitte um sie." Ich lehnte mich nachdenklich an meinen Wagen, kramte gedankenverloren in der Brusttasche meines Holzfällerhemdes, fand einen Zigarillo und zündete ihn an. Mein Blick wanderte in die Ferne, ich sah gar nicht das Flugzeug, welches hinter den drei Wohnhochhäusern seine Bahn in die gleißende Sonne zog, und grübelte. Wenn das wirklich der gleiche Täter wie in den anderen Fällen war, weshalb hatte er dann seine Aktivitäten auf die linke Rheinseite verlegt? Oder war es nur ein Täuschungsmanöver? Oder tötete er wahllos, sobald er ein Opfer fand, das in sein „Beuteschema" passte?

Ruprecht kam auf mich zu: „Ne ganz schräge Nummer, das Ding. Der Transvestit ist auf die gleiche Art wie die beiden anderen getötet worden, da liegt also eine Täterübereinstimmung nahe. Dem Mann wurde auch der Hals aufgeschlitzt, aber dann fand eine rast rituelle Art der Hinrichtung statt, nämlich ein Stoß von oben in den Nacken, wie bei den Inkas, wenn sie rituellen Menschenopfern das Messer in die Brust stießen, um das Herz zu entnehmen." „Och nöh, Ruprecht, du kannst ein echtes Arschloch sein, ich hab gerade mal einen Kaffee intus. Sonst noch was?" „Das ist alles, was ich so aus dem

Stand sagen kann. Alles Weitere heute Nachmittag auf der Moorenstrasse. Und bring den Kleinen mit, wird Zeit, dass er das auch mal sieht. Dann lernt er, worauf man achten sollte."

Ich nickte und rauchte in Ruhe weiter. Die Techniker teilten mir mit, dass in jedem Falle ein drittes Fahrzeug in das Geschehen verwickelt gewesen sein musste, den Reifenabdrücken nach ein Kleinstwagen, etwa ein Mini oder Smart. Und sie hatten eine Zigarettenkippe gefunden, was an dieser Stelle jedoch kaum etwas Auffälliges war. Nur war diese eine trocken, während alle anderen vom Regen des Vortags aufgeweicht waren. Vielleicht also eine Chance auf eine DNA-Spur.

Dirk kam zu mir, brachte einen Speicherchip mit Fotos des Tatortes von den Technikern mit und berichtete: „Das sind Kopien der Bilder vom Tatort. Die alte Dame hat wirklich keine Ahnung, was hier los war. Das war's eigentlich. Sollen wir zur Schanzenstrasse fahren, ist doch nur ein Katzensprung von hier." „Tu mir einen Gefallen, fahr du mit Jupp nach Büderich und schaut euch die Wohnung von Lemberger an. Die Wohnung in Oberkassel würde ich gerne selbst ansehen." „Geritzt ... um nochmals auf deine Theorie von gestern zurück zu kommen: glaubst du immer noch, der Täter stammt aus dem Süden der Stadt?" „Es ist mir klar, dass aufgrund des Tatortes hier meine Theorie gewaltig wackelt. Die Blutmengen auf der Erde lassen keinen anderen Schluss zu, als dass Tat- und Fundort identisch sind. Aber trotzdem glaube ich noch immer an meinen Ansatz, es ist aber ein reines Bauchgefühl." „Naja, vielleicht gehen wir dem ja noch mal später weiter nach. Ich fahr dann mal mit Jupp nach Meerbusch. Sollen wir dich vorher in Oberkassel absetzen?" „Danke, lass mal, die Kollegen von der Luegallee können mich bestimmt da rauslassen. Zurück nehme ich mir dann ein Taxi, nachmittags sehen wir uns dann im Präsidium.“ Ich klopfte Dirk zum Abschied auf die Schulter, gab Jupp die Hand, winkte Ruprecht noch zu und schlüpfte dann in einen Streifenwagen, der gerade im Begriff war loszufahren. Die beiden Beamten waren sofort bereit, mich zur Schanzenstrasse zu fahren und mich bei der Begehung der Wohnung zu begleiten. Aufgrund ihrer lokalen Kontakte bestellten sie auch direkt einen Schlüsseldienst, der die Wohnung öffnen würde, falls wir durch Hausmeister oder ähnliches keinen Zutritt erhalten würden.

Die Wohnung befand sich im Erdgeschoss. Die Rollos waren herunter gelassen. Erwartungsgemäß öffnete niemand auf unser Klingeln hin. Nun, niemand war nicht ganz korrekt. Die Tür der gegenüber liegenden Wohnung öffnete sich einen Spalt und das Gesicht eines verhutzelten alten Männchens erschien. So ähnlich hatte ich mir als Kind immer Rumpelstilzchen vorgestellt. „Kann ich ihnen helfen? Wer sind sie denn?“, krächzte das Männlein mit rauer Stimme. Keine sehr intelligente Frage beim Anblick meiner uniformierten Kollegen, dachte ich, und zeigte meinen Dienstausweis. Er betrachtete ihn eingehend. Nach einem Blick auf das Klingelschild fragte ich: „Kennen sie Herrn Dressler näher, Herr Degler?“ „Den Frank? Na klar kenn ich den, der hat mir doch meine Bude renoviert und meinen PC eingerichtet. Ein echt netter Kerl ist das, immer hilfsbereit und so menschlich. Dem ist doch hoffentlich nichts passiert?“ Sein fragender Blick traf mich von unten. „Wissen sie, ob der Hausmeister oder die Verwaltung einen Schlüssel zu seiner Wohnung hat? Wir müssen da nämlich dringend rein.“ „Ob die einen haben, weiß ich nicht, aber ICH hab einen. Moment, meine Herren, wenn ich mal kurz vorbei darf?“ In einer für seine Erscheinung unerwarteten Geschmeidigkeit glitt er zwischen uns hindurch und schloss Dresslers Wohnung auf. Ich eilte ihm nach, der wollte doch bestimmt rein und schnüffeln, so wie die Meisten von diesen „netten Nachbarn“. Ich sah mich jedoch in meinem Vorurteil getäuscht. „So, dann mach ich ihnen mal Platz, meine Herren, ich will ja nichts verändern, sie brauchen ja einen jungfräulichen Tatort.“ Wir Polizisten sahen uns erstaunt an, was dem alten Herrn sichtlich Freude bereitete. Er grinste, sodass sein Gesicht sich in tausend Lachfältchen verzog: „Ich war 26 Jahre für die Wach- und Schließgesellschaft tätig, da werde ich doch wohl das Handwerk kennen. Und um direkt etwas vorweg zu nehmen: ich weiß von Franks Vorliebe für Frauenkleidung. Es ist nie MEIN Ding gewesen, aber ich finde “jedem Tierchen sein Pläsierchen“ ... und wie bereits erwähnt, Frank ist einfach ein liebenswürdiger Mensch.“ „Dann haben wir leider eine traurige Mitteilung für sie. Herr Dressler ist einer Gewalttat zum Opfer gefallen.“ „Etwa das gleiche Drecksschwein, das schon zwei umgebracht hat?“, meinte Degler und seine Augen schienen wässrig zu werden. „Das wissen wir noch nicht, wir stehen erst am Anfang der Ermittlungen. Wissen sie, ob Dressler Verwandte hat?“ „Seine Mutter lebt in Darmstadt in einem Pflegeheim. Andere gibt es meines Wissens nicht. So, ich geh dann mal rüber. Wenn sie noch Fragen haben oder einen Kaffee möchten, klingeln sie einfach ... es würde mir sehr helfen, wenn ich mit jemand über Frank reden könnte. Er war ein guter Kumpel, wie man so sagt.“ Er wandte sich um und mit langsamen Schritten ging dieser freundliche alte Herr, der so pfiffig war, in seine Wohnung zurück.

Mittlerweile war auch ein Techniker der KTU angekommen und machte sich an die Arbeit. Dieses Mal würden wir direkt den PC mitnehmen, dachte ich mir. Die Ausstattung der Wohnung war sehr geschmackvoll und in den Schränken fanden sich, wie bei Pawlick, diverse Utensilien, mit denen sich ein Mann in eine Frau verwandeln konnte. Darüber hinaus war auch das bekannte sexuelle Spielzeug vorhanden, jedoch auch einiges, dessen Gebrauch oder Sinn sich mir verschloss: eine Art Pizzaschneider aus Edelstahl, jedoch statt der Klinge waren spitze Nadeln auf der Rolle, ein weiteres Edelstahl-Gerät, mit zwei langen Backen ausgestattet, welche sich durch Drehen an einer Schraube auseinander spreizten. Ich machte davon Fotos mit meinem Handy, um sie nachmittags Ruprecht zu zeigen, sie erinnerten mich an OP-Besteck.

Ich war der Ansicht, genug gesehen zu haben und klingelte bei Herrn Degler. Vielleicht hatte dieser alte schlaue Hund noch ein paar wichtige Informationen für mich. Er öffnete bereits nach wenigen Sekunden und ich sah, dass seine Augen gerötet waren. „Tut mir leid, Herr Kommissar, aber der Junge war fast wie ein Sohn für mich. Mein eigener ist …". Degler stockte, gab den Eingang frei und ließ mich ein.

Die Wohnung war hell eingerichtet, viel Naturholz und warme Farben, so gar nicht, wie man es von Menschen seines Alters erwartet hätte. Er bot mir Platz auf einem der beiden Sessel an und als hätte er mich erwartet, stand dort bereits eine Kaffeetasse und Gebäck. „Setzen sie sich doch schon mal, Milch und Zucker?" „Nur Milch bitte!"

Degler wackelte herein, auf einem Tablett eine Thermoskanne und ein Milchkännchen balancierend. Er zitterte beim Versuch einzuschenken, sodass ich ihm diese Aufgabe abnahm. Er ließ sich auf den Sessel plumpsen, schnaufte einmal und begann: „Also, der Frank, der war selbständig als Dekorateur. Er hatte wohl einen guten

Ruf, da er auch einige Kunden auf der Kö hatte. Er lebte alleine, hatte aber einen kleinen Freundeskreis, mit dem er viel unternahm. Ab und zu holte er mich auch rüber, wenn die Bande zum Feiern da war. Die waren alle sehr nett und für sie war ich einfach Opa Heinz. Nun ist ja klar, dass ich nicht besonders objektiv bin, aber aufgrund seines Wesens kann ich mir nicht vorstellen, dass Frank Feinde hatte. Ich vermute eher, es hatte was mit seiner Leidenschaft zu tun."

Er räusperte sich, trank einen Schluck Kaffee und fuhr dann fort: „Immer wieder hab ich ihm gesagt: pass auf, Frank, sei vorsichtig, ich will dir ja nicht nachspionieren, aber sag mir, wo du hingehst, wenn du so ein Treffen hast. Wenn was passiert, kann ich die Polizei anrufen. Da hat er immer nur gelacht und gesagt: Opa Heinz, wer soll mir denn was tun? Geld hab ich nicht und ich bin doch völlig harmlos." Seine Augen glänzten wieder feucht. „Ich habe eine Telefonnummer seines besten Freundes, Ralf Koch, vielleicht weiß der mehr. Und noch die Nummer des Pflegeheims in Darmstadt." „Danke für ihre Hilfe, Herr Degler, eine Frage habe ich noch: wissen sie auch, ob Herr Dressler auch etwas speziellere Partys besuchte?" Es war einfach ein Schuss ins Blaue, aber der alte Mann antwortete: „Sie meinen die Lederpartys, SM und so? Ich weiß, dass er sich sehr dafür interessierte, aber ob er tatsächlich da hinging, ist mir nicht bekannt." Ich war geplättet, dieser Mann ging so natürlich mit diesen Themen um, wie man es manchmal nicht bei Menschen erlebte, die ein halbes Jahrhundert jünger waren.

Beim Verlassen der Wohnung drehte ich mich noch mal um: „Sie erwähnten eben ihren Sohn …?" Ich blickte ihn fragend an. „Mein Sohn Jens arbeitete mit mir beim Wachdienst. Er war Frank sehr ähnlich, Statur, Haarfarbe, Stimmlage … Jens wurde von einem

Einbrecher nachts während seiner Schicht erschlagen, er war 29, genauso so alt, wie Frank nächste Woche geworden wäre."

Kapitel 12

Ich fuhr mit dem Taxi zur Universitätsklinik, in der Hoffnung, dass Ruprecht Vollmer bereits weitere Einzelheiten hatte. Dirk hatte mich zwischendurch auf dem Handy angerufen. Die Untersuchung der Wohnung von Richard Lemberger hatte direkt keine Erkenntnisse ergeben, das Notebook hatten sie den Technikern mitgegeben. Jupp bot mir an, auf dem Rückweg bei der KTU in Heerdt vorbei zu fahren; möglicherweise war aufgrund der modernen Technik schon etwas entdeckt worden. Dankbar stimmte ich zu, ich wollte nach dem Besuch in der Pathologie früher Schluss machen und mich ein wenig hinlegen, ich spürte eine bleierne Schwere in meinen Gliedern.

Ruprecht saß an seinem Schreibtisch, vor sich einen Kaffeepott mit Südseemotiven (ein Geschenk seiner Sekretärin, die ihn, wie so viele andere Frauen auch, anhimmelte), den Kopf vorne übergebeugt und sich mit den Daumen die Schläfen massierend. Er blickte auf, sah mich mit blutunterlaufenen Augen an und meinte: „Hock dich, Micha, ich brauch 'ne Minute Auszeit. Die letzten Tage waren hart und jetzt die beiden Toten sind wahrhaftig kein schöner Anblick." Seine Hand öffnete eine Schublade seines Schreibtisches, entnahm ihm zwei Gläser, die wie hohe Weingläser im Miniformat aussahen, und schenkte uns aus einer noch unangebrochenen Flasche „Cardenal Mendoza" Brandy ein. Ruprecht nahm sein Glas, hielt es im Schein seiner Schreitischlampe hoch und ließ den Inhalt langsam kreisen. Ein warmes bernsteinfarbenes Leuchten ging von dem Getränk aus, fast als hätte es ein Eigenleben. Er sagte leise: „Was weißt du mittlerweile von dem letzten toten Transvestiten?" „Wenn ich nur nach den Aussagen seines Nachbarn gehe, und der scheint ihn gut gekannt zu haben, muss er eine Art Musterknabe und Gutmensch gewesen sein. Hilfsbereit, höflich, fröhlich, sehr umgänglich ... vielleicht auch deshalb ein wenig naiv in seinem Wesen. So in einer Art: was kann mir denn schon passieren? Ich bin doch so arglos und umgänglich."

Ruprecht lehnte sich zurück und sah mich nachdenklich an: „Eigentlich kann man das doch von allen drei Opfern sagen. Letztlich haben sie niemand etwas getan. Sie hatten eben nur eine eigene, völlig unbürgerliche Art, ihre Sexualität auszuleben. Und vielleicht genau deshalb werden sie angegriffen, weil unserer Gesellschaft die Toleranz so abgeht. Was nicht passt, muss weg, gehört ausgemerzt. Weißt du, damals, habe ich mit meiner Frau auch ein Jahr auf Samoa gearbeitet. Es lag ja ganz nahe bei unseren Inseln. Und da dort ein Arzt ausgefallen war, bin ich halt hin und hab ausgeholfen. Dort hat man für diese Menschen einen Namen, Fafafine, das bedeutet „nach Art der Frauen". Das sind Männer, die sich aus eigenem Entschluss oder aus familiärer Notwendigkeit entschlossen haben, als Frau zu leben. Das geschieht z. B., wenn der weibliche Hausvorstand stirbt und keine weibliche Person da ist, um diese Rolle einzunehmen. Das meine ich nicht in sexueller Hinsicht. Fafafine sind integrierter Bestandteil des samoanischen Alltags und sind keinerlei Anfeindungen ausgesetzt. Nach so etwas sehnen sich transidentische Menschen hier ganz sicher. Und was erleben sie? Sie werden verfolgt, ausgegrenzt, verspottet ... Nun waren unsere Toten sicher nicht Menschen, die ihr Geschlecht wechseln wollten, aber es ist schon eine Art Vorstufe nach meinem Verständnis." Er seufzte, prostete mir zu und sagte: „Es ist wohl so, dass mich dieser Fall eben an meine Zeit in Samoa erinnert … da wird man wehmütig. Und der Wunsch, dorthin zurück zu kehren, wird immer stärker. Naja … ich will dir nicht die Ohren voll jammern. Du willst sicher wissen, was ich herausgefunden habe. Kurz gesagt: bei dem Transvestiten nichts, nada, null Neues. Alles im gleichen Schema wie die anderen. Aber bei dem Mann fiel mir ja schon am Tatort die Andersartigkeit auf. Es ist eine Tat voller Wut gewesen. Stichkanal und Tiefe der Wunde bestätigen, dass die Tat wie eine Hinrichtung ablief, obwohl es nach dem Schnitt durch den Hals nicht mehr nötig gewesen wäre. Und genau da ist dem Täter ein Fehler unterlaufen: er muss das Messer in der Wunde hin und her geruckelt haben, weil er es nicht mehr herausbekam. Nur mit massivem Krafteinsatz war es möglich, vielleicht hätte er sich auch noch mit den Füssen gegen den Körper gestemmt. Aber dann muss es sich gelöst haben … nur: dabei brach die Spitze ab. Ich habe sie entnommen und den Technikern geschickt, die werden zumindest nähere Aufschlüsse über die Tatwaffe finden."

Ich klappte mein Handy auf, suchte nach den Fotos, die ich in der Wohnung von Dressler gemacht hatte und zeigte sie ihm: „Hast du so was schon mal gesehen?" Vollmer blickte kurz auf die Bilder und erwiderte: „Klar, das eine ist ein Nadelroller zur Überprüfung von Nervenleitungen, wird meist in der Neurologie gebraucht, das andere ist ein Spekulum, eine Spreize, zur Weitung im analen oder vaginalen Bereich, um einen besseren Zugang zu ermöglichen, für eine Untersuchung oder Behandlung. Wo hast du die Aufnahmen gemacht? Ist eines der Opfer Arzt?" „Nein, soviel ich weiß, nicht … die Geräte habe ich bei Dressler gefunden, bei seinen „Spielzeugen" … ich schätze, ich weiß, wen ich dazu befragen muss."

Ich stand auf, klopfte Vollmer auf die Schulter und sagte: „Danke dir, Ruprecht, du hast mir sehr geholfen. Und ganz nebenbei … ich habe zu Hause eine Flasche Lepanto, die wartet auf einen guten Freund und mich. Du musst nur sagen, wann.“ Er blickte dankbar zu mir auf und nickte: „Mach ich, so, und nun raus mit dir, ich will auch Schluss machen. Beim nächsten Mal bringst du aber wirklich den Kleinen mit … ich bin sicher, dass wir noch nicht am Ende mit der Serie sind.“

Kapitel 13

Verdammt … das hätte nicht passieren dürfen. Das Messer ist kaputt. Und die abgebrochene Spitze kann nur in dem Kerl stecken, wenn sie vorher abgebrochen wäre, bei der kleinen Schlampe schon, dann hätte ich das bestimmt gesehen. Ob ich das nachschleifen kann? Nee, das ist zu viel. Also muss ein neues her, am besten direkt heute nach der Arbeit.

Das Phantom kramte in seiner Küchenschublade herum und fluchte leise. Es war kein anderes geeignetes Messer vorhanden.

So, dann erst mal hinsetzen, eine Zigarette und einen heißen Tee. Ich sollte mich etwas zurückhalten. Ich habe jetzt drei von diesen Miststücken bestraft, ich muss aufpassen, dass mir die Bullen nicht auf die Schliche kommen. Aber wie sollten sie? Das Messer ist nichts Besonderes, ein Haushaltsmesser. Ich habe nichts zurückgelassen, es gibt keine Kampfspuren. Die Beiden waren viel zu entsetzt, um sich zu wehren …

Mir ist jetzt nach etwas chatten. Mal sehen, wer online ist. Welches Profil nehme ich heute? Ich glaube, ich lege mir eine neues an, ich mache mehr einen auf seriösen Geschäftsmann, das hatte ich schon lange nicht mehr. Wäre doch gelacht, wenn ich da nicht was aufgabeln würde …

Ich befand mich auf dem Weg nach Hause, als mein Handy klingelte. Mist, schon wieder vergessen, den Kopfhörer anzuschließen. Na dann eben nur ganz schnell mal ohne. „Oberle?“ „Hallo, Michael, hier ist Dirk. Ich wollte mich noch mal kurz bei dir melden. Der Alte will

dich morgen früh zur Lagebesprechung sehen. Und Dr. Wohlfarth hat auch angerufen, er hat von dem dritten Mord gehört und hat die beiden ersten Fälle durchgearbeitet. ER will dir seine Ergebnisse mitteilen. Von der KTU gibt's weniger gute Nachrichten. Die Klingenspitze stammt von einem normalen Küchenmesser, der Zusammensetzung nach ein großes Kochmesser von Zwilling, aber extrem gut geschliffen. Das Messer wird überall verkauft, von Metro über Karstadt bis zum Tante Emma Laden. Also ein Schlag ins Wasser. Leider auch bei der Zigarettenkippe, nach einer vorläufigen DNA-Analyse wurde sie von einer Frau geraucht. Vermutlich also von einer Spaziergängerin, die sich nicht getraut hat, bei uns anzurufen."
„Danke, Dirk, nicht die Nachricht, die ich erhofft hatte, aber immerhin sehr schnell." Ich informierte ihn über die Untersuchungsergebnisse des Gerichtsmediziners und bat ihn, auch Jupp Bescheid zu sagen. Für heute war es genug, zu Hause wartete eine warme Badewanne auf mich.

Zuvor wollte ich jedoch an meinen „speziellen Platz" fahren. Am „Benrather Schlossufer", direkt neben der Rudergesellschaft Benrath, befand sich ein öffentlicher Parkplatz. Dort stellte ich meinen Wagen ab, ging ein wenig am Rheinufer spazieren und setzte mich auf eine der Bänke. Direkt gegenüber auf der anderen Rheinseite in Dormagen sah man den Biergarten von „Pit Jupp", einer Traditionskneipe in einem ehemaligen Fährhaus. Ich war schon einmal da gewesen und hatte das Gefühl, eine Zeitreise zu machen: mit jedem Schritt durch das Haus fühlte man sich in die Zeit des Wirtschaftswunders versetzt und rechnete jeden Augenblick damit, dass einem Heinz Erhardt oder Konrad Adenauer über den Weg laufen würde. Auch wenn es an sich nicht mein Ding war, war es schön zu sehen, dass trotz Flauten und Zeitgeistströmungen manches Althergebrachte seine Nische fand und überlebte.

So in Gedanken versunken und über den Fall sinnierend, bemerkte ich nicht, dass seit einigen Minuten jemand an einen Baum gelehnt neben mir stand und mich beobachtete. Erst ein unterdrücktes Grinsen holte mich aus meinen Gedanken und ich erblickte Linda Molitor. Sie trug sehr knappe Sportbekleidung zu ihren Inline-Skates; die Schutzausrüstung, bestehend aus Helm und diversen Protektoren tat ihrem reizvollen Anblick keinen Abbruch. „'Nen Jroschen für ihre Jedanken, würde mein Vater jetzt sagen. Guten Tag, Herr Kommissar, darf ich mich ein wenig zu ihnen setzen?“ „Aber gerne, nehmen sie Platz.“ Ich griff neben mich in meine Tasche und holte eine kleine Thermoskanne mit Kaffee heraus. Diese hatte ich bei Ruprecht Vollmer im Büro aufgefüllt. „Mögen sie eine Tasse? Ist allerdings mit viel Milch. Ich hab auch noch was Kaltes da, müsste ich allerdings aus dem Auto holen.“ „Nein, Kaffee ist klasse, ich trinke ihn auch am liebsten „au lait“. Sie sind ja fast wie eine gute Bar ausgestattet. Machen sie das, um bei jungen Frauen zu punkten, die sie auf der Strasse ansprechen?“, fragte sie kokett. „Es ist eher für den Eigenbedarf, da ich eher selten von jungen Frauen angesprochen werde“, erwiderte ich. „Wie war der Rest ihres Tages, nach dem Morgen im Präsidium?“ „Geht so, mein Vater hat natürlich im Auto getobt und wollte sofort beim Polizeipräsidenten anrufen. Mir ist es jedoch gelungen, das abzubiegen. Vermutlich war er einfach zu schockiert, dass er mal jemand NICHT mit seiner Macht und seinem Geld in die Ecke drängen konnte. Und ehrlich gesagt, ich glaube, das war lange überfällig. Insofern … danke!“ Sie sagte das mit ganz leiser Stimme, beugte sich vor und hauchte mir einen Kuss auf die Wange. Zwei vorüber gehende junge Männer sahen mich erstaunt und etwas neidisch an. Ich grinste frech und lehnte mich zufrieden zurück. „Ich nehme das mal als Entlohnung für den Kaffee an, ich kann allerdings kein Wechselgeld rausgeben“, versuchte ich zu flirten. Mein Hormonkoller schien mich immer noch fest im Griff zu haben, aber ich hatte einfach keine Lust, mich immer nur dienstlich zu zeigen. „Oho, Herr Kommissar, sie sind aber auch kein unschuldiges Lämmchen.“ Sie lehnte sich zurück, sodass ich ihr Profil deutlich sah. Sie spannte den Rücken, um ihren Busen noch mehr zur Geltung zu bringen und wandte mir dann den Kopf zu, um mich provokativ anzublicken. Natürlich, wieder meine Verlegenheit, nach dem Aufbäumen des Restes meiner Forschheit war ich wieder der Alte, räusperte mich und sagte: „Danke übrigens für den Tipp mit dem Café „Sündenfall“, Frau Rose ist uns eine große Hilfe.“ „Ja, die ist klasse, nicht wahr? So viel Stil und Eleganz, und dabei so natürlich. Sie ist übrigens eine sehr erfolgreiche Psychologin. Sie hat sich zwar auf die Hilfe für Transgender spezialisiert, aber wenn sie ihre Kundendatei lesen würden, glaubten sie, sie lesen die Klatschspalte der „Bunten“.“

Ich nickte: „Kann ich mir vorstellen. Sagen sie mal, sagt ihnen das „Tabernacle of Torture“ etwas?“ „Ja, das sind Fetisch-SM-Partys. Ich bin selbst öfter mal da. Weshalb fragen sie?“ „Ach nichts, der Name fiel nur mal im Laufe der Ermittlungen.“ Linda wurde ernst. „Ich bin sicher, dass sie eine guten Job machen, Herr Oberle. Und ich weiß, dass sie den Täter finden werden … und DER ist dafür, dass sie meinen Vater mal so richtig lang gemacht haben!“ Sie war aufgesprungen und hatte ihre Arme um meinen Hals gelegt. Ehe ich etwas unternehmen oder erwidern konnte, hatte sie mich wieder geküsst … dieses Mal auf den Mund, und ihre Zunge war über meine Lippen gefahren. Perplex blieb ich sitzen und sah ihr nach, wie sie die Strasse entlang ins Abendrot fuhr, ein Anblick wie aus einer Kitschpostkarte.

Was geschah gerade nur mit meinem Leben? Erst Jahre lang kaum Kontakt zu Frauen, und jetzt gleich zwei Personen, die mir gefielen und denen ich offensichtlich auch nicht gleichgültig war. Ich würde wohl noch eine Weile hier sitzen bleiben, um meinen Gedanken nachzuhängen. Das ruhige Plätschern des Rheins, der behäbig seine Bahn zog, half mir, mich zu sammeln.

Kapitel 14

Polizeioberrat Richter wartete schon auf mich, ich war zur Lagebesprechung der Leiter aller Dezernate leider etwas zu spät gekommen. Glücklicherweise hatte man schon begonnen und die Chefs der anderen Kommissariate gaben einen kurzen Abriss über aktuelle Fälle und Anliegen an Kollegen, Richter kommentierte hier und da, ließ sich bei Bedarf etwas erläutern und gab kurze Anweisungen, wann er weitere Infos wünschte. Insofern war er angenehm, da er sich selten in Ermittlungen einmischte und aus der Distanz beobachtete. Ich schätzte ihn wegen seines scharfen Verstandes und vor allem wegen seiner Loyalität gegenüber seinen Mitarbeitern, die auch in Zeiten von politischem oder medialem Druck nicht wankte.

Nun war die Reihe an mir. „Herr Oberle, wie sieht's denn bei der Soko „Himmelgeist" aus?" Diesen Namen hatte unsere Ermittlungsgruppe erhalten. „Tuntentod wäre treffender gewesen", flüsterte der Kollege vom K 14, Eigentumsdelikte, der direkt neben mir saß. Ich stieß ihm mit dem Ellenbogen in die Rippen, sodass er einknickte und tief einatmete.

Um Richter nicht wieder zu schocken und weniger Angriffsfläche zu bieten, hatte ich heute auf ein Holzfällerhemd verzichtet ... und stattdessen eine schwarze Jeans mit passendem Hemd und einem Jackett angezogen. Zumindest daran schien er keinen Anstoß zu nehmen; weniger erfreut war er davon, dass wir in allen Fällen auf der Stelle traten. Zudem war Jambor vom K 12 wegen einer Erkrankung nicht zu uns gestoßen und die beiden weiteren Beamten des K11 waren mit eigenen Fällen so ausgelastet, dass an eine

Unterstützung für uns nicht zu denken war. Dies machte ich Richter auch klar, stellte aber aufgrund des Termins am Samstag, auf den ich einige Erwartungen baute, in Aussicht, nächste Woche etwas Konkretes liefern zu können. Richter wollte sich zu einem kleinen Arbeitskreis mit allen Kräften der Soko zusammensetzen und sehen, wo er Unterstützung leisten konnte.

Einigermassen entspannt ging ich in unser Büro, wo mich bereits Dr. Wohlfarth erwartete. „Moin, Herr Oberle, alles glatt gegangen bei der Lage?“ „Wie man's nimmt, wir geraten langsam unter Druck. Aber Richter hält uns den Rücken frei. Ich denke, dass der vor-Ort-Termin morgen in Neuss uns deutlich weiter bringen wird. Unsere Informantin scheint dort Hinweise auf den Täter zu erwarten.“ „Ach, sie meinen Frau Rose, die auf unseren jungen Kollegen scheinbar solch einen Eindruck gemacht hat?“ Jupp verschluckte sich und prustete den Kaffee, von dem er gerade einen Schluck genommen hatte, mitten in den Gummibaum, der unsere Fensterbank zierte. Der eben angesprochene Dirk fuhr mit hochroten Ohren herum und starrte Wohlfarth wütend an. Dieser drehte sich zu ihm um, lächelte ihn versöhnlich an und meinte: „Tut mir leid, Herr Kollege, aber so, wie sie mir eben von ihr vorgeschwärmt haben, kann ich zu keinem anderen Schluss kommen. Falls es sie trösten sollte: ich hab sie gestern auf dem Gang gesehen, als sie aus ihrem Büro kam. Und ich kann sie mehr als gut verstehen, ein echtes Rasseweib.“ Jupp schnaubte nur verächtlich und lehnte sich in seinen Stuhl zurück. Meinen verärgerten Blick übersah er geflissentlich.

„So, meine Herren, ich möchte jetzt meinen Teil zur Arbeit der Soko beitragen. Ohne Berücksichtigung des Falles von gestern, der uns aber aufgrund des veränderten Sachverhalts sicher noch mehr

Aufschluss bieten wird, komme ich zu folgenden Ergebnissen: Es handelt sich in jedem Fall um eine sexuell gestörte Person, das ist wohl jedem auch ohne Studium klar. Die Frage ist, ob es sich bei unseren Fällen um die ersten Taten handelt oder ob der Täter schon aktiv war. Dies können wir aufgrund der Nachforschungen der Kollegen Galski und Schmitz ausschließen. Auch aus den Datenlagen anderer Bundesländer haben sich keine Fälle mit signifikanter Ähnlichkeit im Vorgehen, Tatort, Rahmenumständen, etc. ergeben. Also muss es für den Täter eine Initialzündung gegeben haben. Was kann der Auslöser gewesen sein? Der berühmte Tropfen, der das Fass zum Überlaufen gebracht hat? Möglich, da wären z. B. der eine Korb zu viel, den er von einer Frau, die er begehrt, erhalten hat. Aber das würde uns in die Irre führen. Halten wir uns daher eher an die Übereinstimmungen aller Fälle: die Toten sind Transvestiten. Hasst der Täter also Männer in Frauenkleidung? Ist er einmal, vielleicht in der Kindheit, von einer Person mit diesem Fetisch missbraucht worden? Oder hat er selbst die Neigung, kann jedoch aus seiner Position, die stark macho-hetero ist, nicht heraus? Bestraft er somit Andere für seine Neigung? Ein möglicher Ansatz. Doch bringt uns das weiter? Momentan nicht, aber es fokussiert unseren Blick. Nachdem Herr Galski mir etwas über den gestrigen Fall erzählt hat, gehe ich in jedem Falle von einem hochintelligenten Täter aus, der seine Tatorte variiert, um die Verfolger zu verwirren. Die Tötung des Mannes jedoch geschah im Affekt und gerade da ist genau der Hass zu erkennen, den ich eben zitiert habe. Kollege Schmitz hat gestern noch zwei, ich wiederhole zwei, Personen vernommen, auf die diese Erkenntnisse zutreffen: Schwulen- oder Transvestitenhass, extremes Macho-Gehabe, Neigung zu extremer Brutalität, hohe Intelligenz. Leider ohne Ergebnis, da Beide über ein nachgeprüftes Alibi verfügen. Das wäre auch nur unter „Kommissar Zufall" zu verbuchen gewesen.

Ich persönlich glaube, auch aufgrund der so unglaublich zeitnah beieinander liegenden Taten, dass der Täter sich auf einer Art Mission glaubt, eine Art Rachefeldzug, bei der es gilt, wahllos in einer bestimmten Gruppe „aufzuräumen". Und genau deshalb bin ich sicher, dass er noch lange nicht am Ende ist."

Wohlfarth nahm einen Schluck Kaffee, blickte in die schweigende Runde und flüsterte fast: „Und jetzt etwas, was auf keiner wissenschaftlichen Erkenntnis, sondern auf einem Bauchgefühl und Erfahrung beruht: da die Taten mit den Transvestiten sehr nüchtern, fast klinisch sachlich ausgeführt wurden, lassen sie uns bitte nicht ausschließen, dass es sich bei dem Täter um eine Frau handelt, eine gut trainierte, kräftige Frau."

Man hätte eine Stecknadel fallen hören können, so still war es, als Wohlfarth sich verabschiedete und das Büro verließ.

Ich brach das Schweigen: „Na, dann habt ihr ja was zum Nachdenken am Wochenende. Ich werde mich jetzt mal auf den Weg zum Einkaufen machen, für morgen. Danach fahre ich noch mal zur KTU und will mir deren Ergebnisse mal genauer erläutern lassen und die neue Untersuchungsmethode am PC ansehen."

Jupp stänkerte: „Kommst du denn noch mal rein und machst 'ne kleine Modenschau ... oder ist das alles nur für dein Tuntenherzchen?" Ich blickte ihn ruhig an: „Letzte Warnung, Jupp, und du weißt, dass ich das ernst meine ... ich rate es dir gut." Ich klopfte Dirk auf die Schulter: „Mach dir ein schönes Wochenende, vielleicht kannst du ja Silke dazu bewegen, etwas mit dir zu unternehmen. Oder hast du in Urdenbach von den beiden Mäusen etwa eine Telefonnummer bekommen? In jedem Falle danke ich dir für die gute Arbeit, du hängst dich echt rein und bist eine echte Bereicherung. Überleg mal, ob du nicht wechseln willst."

Ich fuhr mit dem Wagen zur Albertstrasse in Flingern. Dort befand sich eine Boutique mit Fetisch-Mode, das hatte ich im Internet recherchiert. Sarah hatte mir ja gesagt, ich solle mir etwas einfallen lassen, um nicht aufzufallen. Nach zwei Runden um den Block fand ich endlich einen Parkplatz und betrat mit einem etwas flauen Gefühl den Laden. Klar, ich kannte Erotik-Shops, die hatte man aus Neugier oder auch geilem Interesse mal besucht. Aber das hier war etwas anderes, ich suchte quasi nach einem Pass in eine fremde Welt.

Die Verkäuferin musterte mich gelangweilt und blickte direkt wieder in ihr Hochglanzmagazin, in dem Möchtegern-Stars ihre von Andy Warhol prognostizierten 15 Minuten Popularität erlebten. Mein freundliches „Guten Tag" schien sie völlig aus der Fassung zu bringen, sie starrte mich entgeistert an und stammelte ebenfalls „Guten Tag". Ich orientierte mich, tat erfahren und weltgewandt, sah ein Hinweisschild auf Ledermode und ging dort hin. Für Damen war die Auswahl riesig, für Herren eher peinlich. Nach längerer Suche fand ich eine Weste und Chaps sowie einen ledernen Slip. Ich fragte nach einer Umkleidekabine. Die Warenwächterin vom Eingang kam herüber und wies mir den Weg und in einem geradezu orgiastischen Ausbruch an Freundlichkeit lispelte sie: „Falls es nicht passt, bring ich ihnen gerne eine andere Größe!" Ich wusste wirklich nicht, ob das Hilfsbereitschaft oder Häme war.

Ich hatte Glück. Mein Rippen- und Hüftgold war noch nicht so ausgeprägt, als dass ich nicht in die XXL-Größen gepasst hätte. Zufrieden blickte ich mich im Spiegel an. Eigentlich gar nicht so schlecht, dachte ich, wäre auch mal was für Karneval. Ein leichtes Atemproblem bekam ich beim Blick auf die Preisschilder, insgesamt 260 Euro kamen da zusammen. Hoffentlich bekam ich das bei der Rechnungs- und Belegprüfung durch, denn ich wollte natürlich diese Klamotten abrechnen, da sie lediglich für den dienstlichen Einsatz gedacht waren. Nur ... ob mir das jemand von den Pfennigfuchsern glauben würde? Da musste wohl Richter ein Machtwort sprechen.

Ich ließ mir von der Kassiererin die Sachen einpacken, in eine schwarze Tüte, die so auffällig unauffällig war, dass wohl jeder in Flingern wusste, wo ich gerade eingekauft hatte.

Ich sagte: „Ich brauch eine Quittung für die Abrechnung der Dienstkleidung“ und löste damit beinah den Erstickungstod des jungen Mädchens aus. Während sie gegen ihre Legasthenie ankämpfte und den Quittungsblock ausfüllte, kaute sie verkrampft an ihrem Unterlippenpiercing. „Bitteschön“, lispelte sie zum Abschied und in der Annahme erotisch zu wirken, legte sie den Daumen auf die Unterlippe und versuchte sinnlich darüber zu streicheln. Ich verließ den Laden mit dem Kommentar „Kind, du bist definitiv zu alt zum Daumen lutschen“ und zog fröhlich pfeifend von dannen.

Kapitel 15

Ich erwachte am Samstagmorgen gegen 10 Uhr. Wohlig räkelte ich mich, das Rollo hatte ich heruntergezogen, aber der Geräuschpegel des Tages hatte mich doch geweckt. Ich schlurfte ins Bad, erledigte meine Morgentoilette und startete danach den Tag mit einem doppelten Espresso und zwei Croissants.

Nach einem kurzen Check der Neuigkeiten auf den diversen Nachrichtensendern entschloss ich mich heute ein paar Bahnen im Benrather Schwimmbad zu ziehen. Dort angekommen stellte ich fest, dass offensichtlich noch viele Andere auf die gleiche Idee gekommen waren – im gesamten Umkreis des Bades war kein einziger Parkplatz mehr frei. So fuhr ich ein wenig frustriert am Benrather Bahnhof auf die Frankfurter Strasse, die als Zubringer zur A 59 diente. Dabei kam ich am Schwimmbad vorbei ... was für ein Glück, vor lauter Menschen sah man kein Wasser mehr in den Becken.

Ich lenkte meinen Wagen in Garath auf die A 59 und verließ die Autobahn am Kreuz Monheim Süd. Von da ging es über die Langenfelder Strasse, bis ich nach links in Richtung eines Sees einbog. Dieser See, dessen Name mir tatsächlich unbekannt war, bot Schwimmern eine herrliche Möglichkeit, in einem Naturgewässer zu schwimmen. Nicht unerwähnt lassen darf ich dabei die zum See gehörende Bar „Strandgut“, deren Besitzer Thomas ich gut kannte. So zog ich also meine Strecken in dem angenehm kühlen Wasser, beobachtete die dort immer anwesenden Sporttaucher, die sich mit ihrer elend schweren Ausrüstung in der Mittagshitze abquälten und gönnte mir einen großen Latte macchiato und eine Gulaschsuppe. Sofort stellte sich die satte zufriedene Schläfrigkeit ein, gegen die ich auch nicht ankämpfte, sondern es mir auf meinem Handtuch bequem machte.

Der Himmel wurde grau und zog sich zu, ich schreckte hoch, als die ersten Tropfen fielen. Schnell raffte ich meine Sachen zusammen und spurtete zum Wagen. Keuchend ließ ich mich in den Sitz fallen und begann, nachdem ich mich etwas von dem Dauerlauf erholt hatte, mich anzuziehen. Genau die richtige Zeit, ich musste nach Hause und mich Umziehen.

Ich fuhr in die Tiefgarage, fuhr mit dem Aufzug hoch und als ich meine Wohnung aufschloss, ertönte der erste Donnerschlag des herangezogenen Gewitters. Die Kleidungsstücke hatte ich schon bereit gelegt, vorher wollte ich nur noch kurz duschen. Es war so ein Kribbeln in mir, das nicht alleine durch die fremdartige Situation in der Ermittlung entstand ... ich würde auch Sarah wieder sehen und war sehr neugierig, wie sie am Treffpunkt erscheinen würde. Ich fuhr rechtzeitig los, da ich wegen des Wetters nicht genau wusste, wie voll die Strassen sein würden. Mein Navi lotste mich zielgenau zum Parkplatz an der Ziegeleistrasse.

Ich wartete schon eine halbe Stunde auf dem Parkplatz. Das Haus war unscheinbar, gepflegt, mit großem Garten, aber nicht, dass es irgendwie exotisch wirken würde. Aber es war groß, sicher 300 qm Wohnfläche insgesamt. Und es lag ziemlich abseits. Die nächsten Häuser waren mindestens eine halben Kilometer entfernt.

Der Parkplatz war schon gut gefüllt, sicher mehr als 30 Fahrzeuge aller Klassen standen schon da. Gerade fuhr ein Passat Kombi vor und in ihm saßen mehrere Personen. Der Mann war auffällig groß, schlank, kurzer Bart, trotz der Nacht mit Sonnenbrille, ganz in schwarz gekleidet. Die Frau, die jetzt dem Wagen entstieg, war außergewöhnlich: von einer absolut kühlen Eleganz, die sich im Make-up, Kleidung und Haltung ausdrückte. Sie trug einen langen schwarzen Mantel, der nur noch einen Blick auf ihre Füße freigab … langschäftige Lederstiefel mit hohen Absätzen, das Leder glänzte im Licht der Scheinwerfer. Die Frau war älter, schätzungsweise Mitte 40, und ihr Blick wanderte von dem Mann hochmütig ins Wageninnere. Was ich jetzt sah, hatte ich in meinen kühnsten Träumen nicht erwartet.

Das Paar ging zur Heckklappe des Kombis und öffnete sie. Dem Kofferraum entstiegen wie Hunde auf vier Pfoten zwei junge Frauen, die Augen verbunden, einen Lederknebel mit einem Gummiball verhinderte das Sprechen. Um den hals trugen sie schwarze Halsbänder, an denen Hundeleinen aus Ketten befestigt waren.
Hände und Füße der beiden „Sklavinnen" waren mit dickem weißem Seil zusammengebunden, sodass sich die Frauen nur mit gegenseitiger Hilfe aus dem Wagen bewegen konnten. Erschwerend kam hinzu, dass sie High Heels trugen, von denen einem jeder Orthopäde abraten würde. Daher erschien es mir fast wie eine Gnade, dass die Beiden, kaum ausgestiegen, sich wieder wie Hunde hinknien mussten und auf allen Vieren mit ihren „Herrchen" den Platz verlassen mussten.
Der Mann nickte mir zu und die Domina schenkte mir ein Lächeln, zwei Reihen perlweißer Zähne schimmerten und ich dachte eher an das Grinsen eines Raubtiers vor dem tödlichen Biss als an eine körperliche Erregung.

Naja, zugegeben … die Gelegenheiten, bei denen ich Sarah kennen gelernt und erlebt hatte, waren schon an sich verwirrend genug für mich. Mein Sexualleben war ja eher konservativ und die Gedanken waren mehr als verwirrend, die ein Kerl in Frauenkleidern bei mir auslöste. Aber sie … oder er … man, alleine die Wortwahl war ja schon schwierig … war mein Schlüssel, meine Eintrittskarte in eine Szene, die verschlossener als eine Auster ist.

Wie auf ein Stichwort fuhr das rote Cabrio vor und parkte direkt neben meinem Wagen ein. Ihm entstieg Sarah, in einer langen schwarzen Lederhose, einer extrem eng geschnürten Korsage, extremen High Heels und einem kurzen Leder-Bolero. Sie war stark, aber gekonnt geschminkt, mit langen künstlichen Fingernägeln, rot lackiert, perfekt zu ihrer roten Löwenmähne passend. Sie grinste mich an, weil ich sie wohl mit offenem Mund anstarrte. Und mit der so dunklen Stimme fragte sie: „Na? Nervös, Kleiner?"

Ich wurde ärgerlich. War ich denn so leicht zu durchschauen? Ich war doch heute nicht hier, um etwas zu erleben sondern um in meinem Mordfall weiter zu kommen. „Red keinen Scheiß, ich steh mir schon die Beine in den Bauch und alle Neuankömmlinge schauen mich schon wie einen Spanner an. Ich will doch unauffällig bleiben." „Entspann dich, Oberle, wenn wir erst da drin sind, wird sich kaum noch einer dafür interessieren, wer du bist. Hast du meine Kleidungstipps befolgt? Zeig mal! Naja, für draußen geht's ja, und wie sieht's unter der Oberfläche aus?"

Widerstrebend öffnete ich das Hemd und zeigte ihr die Lederweste und präsentierte die Chaps. „Mutig, herr Kommissar" kommentierte Sarah meinen Einkauf, „dann mal rein in die Höhle des Löwen. Und vor allem eins: starr die Leute nicht so an, dann merkt man doch gleich, dass du Frischfleisch bist."

Gemeinsam gingen wir auf die massive dunkle Haustür zu. Sarah klingelte drei Mal. Einige Augenblicke des Wartens, dann wurde die Tür von einem Mann mittleren Alters geöffnet, wie nicht anders zu erwarten in schwarz gekleidet und ausgesprochen mürrisch im Gesicht. Als er jedoch Sarah erkannte, hellte sich seine Miene auf und er sagte: „Ein gern gesehener Gast gibt dem Haus wieder mal die Ehre. Darf der unwürdige Diener ihnen den Mantel abnehmen? Es wäre Igor ein großes Plaisir!"

Fragend blickte ich Sarah an. Sie zwinkerte nur. „Igor ist der Haussklave und darf von sich nur in der dritten Person reden als Bestandteil seines Erziehungsprogramms. Ignorier das Stück Dreck einfach."

Das war also die dominante Seite an Sarah. Mein Ding war das gar nicht, aber wenn es Igor so gefiel … von mir aus. Wir gingen durch einen kleinen Vorraum hindurch, in dem Stehtische mit einem Begrüßungsdrink bestückt waren. Sarah und ich nahmen eine Campari und traten durch einen schweren roten Samtvorhang, der den Vorraum von der zentralen Halle trennte.

Uns empfing gedämpfte angenehme Musik, nichts in Richtung Enya oder Gothic, eher entspannter eleganter Jazz. Das Licht war natürlich gedämpft, die Atmosphäre wurde durch unzählige Kerzen unterstrichen. Neben den größeren Kandelabern standen offenbar Bedienstete, in dunklen historischen Anzügen, am Hals angekettet, die Ketten mit den Leuchtern verbunden. Bislang machte das Ganze zwar einen bizarren, aber nicht pseudo-erotischen Eindruck.

Sarah berührte mich am Arm und flüsterte in mein Ohr: „Setz dir die Sonnenbrille auf, deine Augen verraten dich, du starrst wie ein Kaninchen auf die Schlange. So, und nun schau mal nach rechts, auf zwei Uhr. Siehst du den groß gewachsenen blonden Kerl in dem schwarzen Gehrock? Der nennt sich Sire Cagliostro. Ein ziemlich eitler Kerl, aber sehr erfahren und verantwortungsvoll. Er wird heute Abend eine seiner Subbies vorführen, auf der kleinen Bühne dort hinten.“ Auf meinen fragenden Blick hin erklärte sie: „Manche Doms präsentieren ihre Gespielinnen öffentlich, teilweise als Bestandteil des Erziehungsprogramms, teilweise aber auch als eine Art Statussymbol, wie gelehrig und folgsam sie ist. Gute Doms beweisen dabei ihre Kompetenz, indem sie zeigen, wie die Gespielin aufzufangen ist und man ihr wieder Sicherheit gibt. Ich nickte und ließ den Blick weiter schweifen.

Langsam füllte sich das Etablissement und ich blickte teils fasziniert, teils belustigt auf die Akteure: ein Dom saß auf einer Couch und rauchte eine lange Cohiba, Seine Subbie, gekleidet in einen Latex-Ganzkörpeeranzug in Schwarz und Rot, diente ihm dabei als Fußbank und Abstellfläche für seinen Aschenbecher.

Sarah zupfte an meinem Arm, um meine Aufmerksamkeit zu erregen. Mit einem Kopfnicken wies sie auf die Bühne und flüsterte: „Lady

Monique, die Hausherrin, wird jetzt die Party eröffnen. Ich denke, Cagliostro wird uns heute seine neue Sub vorführen."

Tatsächlich betrat der blonde Mann die erhöhte Plattform, in der einen Hand einen schwarzen Metallkoffer, in der anderen Hand eine Kette, deren Ende am Hundehalsband seiner Sklavin befestigt war.

Diese bewegte sich auf allen Vieren auf der Bühne und der Dom strich ihr übers Haar, hob mit der Hand ihr Kinn an. Ihre Blicke trafen sich und er nickte zufrieden. Die Frau war üppig gebaut und hatte ihre lange blonde Mähne zu einem Pferdeschwanz gebunden. Ihr Makeup war streng und stark konturiert, was ihr ein gewisses unnahbares Äußeres gab. Ihr Latexanzug war an Brüsten, Rücken und Gesäß mit Klettverschlüssen versehen.

Langsam wurde die Bühnenbeleuchtung herunter gedimmt, an der Rückseite wurde ein Vorhang beiseite geschoben und gab den Blick auf ein Andreaskreuz und einen Strafbock frei. Die Frau wurde bäuchlings mit weißen Seilen auf dem Strafbock fixiert, ihre Kehrseite wies in Richtung des Publikums. Cagliostro trat an den Rand der Bühne: „Verehrte Gäste, sehr geehrte Lady Monique, meine Sklavin Sandra hat sich im Verlauf dieser Woche als unbotmäßig erwiesen. Als Steigerung ihrer Abstrafung erfolgt ihre Züchtigung öffentlich."

Damit wand er sich dem Opfer zu. Seinem Koffer entnahm er ein einer Fliegenklatsche ähnliches Instrument aus schwarzem Leder. Damit trat er an sein Opfer heran und ließ das sogenannte Paddle zunächst langsam über das Gesäß der Sklavin gleiten, der Klettverschluss an dieser Körperstelle war nun weit geöffnet und präsentierte einen prallen apfelfömigen Hintern. „Du siehst deine

Verfehlungen ein und wirst dich deiner Bestrafung mit Würde stellen. Du wirst laut und deutlich das erste Dutzend zählen." Vom Strafbock her erklang ein dumpfes „Ja, Sire". In genau diesem Augenblick hob der Dom den Arm, ließ ihn mit Schwung niedersausen und traf mit einem satten Klatschen die linke Arschbacke der Frau. Ein verkrampftes „Eins" erklang. Die folgenden elf Schläge trafen abwechselnd jeweils eine Gesäßhälfte. Das Mitzählen wurde stockender und mischte sich mit Schmerzlauten. „Nachdem dein Arsch gut gerötet ist, sollten wir die nächste Stufe der Bestrafung betreten." Ein tränenersticktes Schluchzen kam zur Antwort.

Cagliostro ergriff eine ihm angereichte dicke schwarze Stumpenkerze, reckte den Arm in die Höhe und ließ das flüssige Wachs auf den Rücken der Delinquentin fließen, der inzwischen auch vom Latexanzug befreit war. Die Kerze musste schon eine ganze Weile gebrannt haben, da es sich um eine große Menge Wachs handelte, sodass der Dom eine dichte Spur der glühend heißen Masse von den Schultern bis zum Gesäß, laufen lassen konnte. Die Frau bäumte sich auf, wand sich in ihren Fesseln, aber dieses Mal kam kein Klagelaut über ihre Lippen.

Mein ganzer Körper spannte sich an, ich schien mich vorzubeugen, wollte aufspringen, der Gequälten helfen. Sarah musste meine Absicht irgendwie gespürt haben, denn ihre Hand legte sich auf meine Brust und hielt mich zurück. Diese Berührung durchzuckte mich wie ein Stromschlag. Sanft ließ sie ihre Hand an mir herab gleiten, wobei sie leicht mit der Spitze ihrer roten Krallen über meine Brustwarzen fuhr. Dies und die sexuell stark aufgeladene Situation ließen meinen Körper reagieren. Ich hätte die Hose wohl doch eine Nummer größer kaufen sollen. Sarah grinste mich kokett an.

Cagliostro löste die Fesseln seiner Sub und half ihr sich aufzurichten. Mit zitternden Knien und von Tränen gezeichnetem Gesicht stand sie da, blickte ihren Herrn sehnsuchtsvoll an und er gestattete ihr, sich vor ihm nieder zu knien und ihr Gesicht an seiner warmen Hand zu reiben. Dann erklang der Befehl „Erhebe dich" und sie leistete unmittelbar Folge. Sie wurde an das schwarze Andreaskreuz geschnallt und ihr Blick wurde mit einer silbernen Ledermaske verschlossen. Der Dom steckte ihr anschließend medizinische Stopfen in die Ohren, um sie eines weiteren Sinnes zu berauben.

War bislang die gesamte Vorführung still gewesen und nur von den Schmerzlauten der Sub unterbrochen, erklang nun leise im Hintergrund Musik. Ich hatte so was noch nicht gehört, aber irgendwie klang es stimmig und absolut passend. Cagliostro griff in seinen Koffer und holte einige kleine Gegenstände hervor. „Oh, Haushaltstag", entfuhr es mir, als ich die Dinge erkannte. Ich erntete dafür sofort einen mahnenden Rippenstoß von Sarah. Der Mann hielt eine größere Anzahl an Holzwäscheklammern in seiner Hand und befestigte diese betont langsam am unteren Rand der schwellenden Brüste seiner Sklavin. Noch hielt sie tapfer den Schmerzen Stand. Aber der Dom war noch nicht bereit, die Folter zu beenden. Aus der Brusttasche seines Gehrocks holte er zwei Nippelklemmen, die mit einer stabilen Kette verbunden waren. Er ergriff mit Daumen und Zeigefinger die eine Brustwarze der Frau, manipulierte so lange, bis sie steil und erregt in die Höhe stand, und legte dann eine der Klemmen an. Das Gleiche tat er mit der anderen Brustwarze. Scheinbar waren die Federn der Klemmen extrem stark gespannt, denn die Frau keuchte heftig auf, als sie den Druck der Folterwerkzeuge spürte. Cagliostro ergriff die Kette und hängte an sie ein Bleigewicht, welches er seinem Koffer entnommen hatte. Da ihm der Zug wohl nicht ausreichend erschien, erhöhte er ihn, indem er selbst immer stärker an der Kette zog. Die Frau wand sich in ihren Fesseln am Andreaskreuz und aus dem anfänglichen Keuchen war mittlerweile ein deutlich vernehmbares Wimmern geworden. Speichel lief ihr aus den Mundwinkeln und ihr ganzer Körper zitterte vor Anspannung.

Die Musik war inzwischen lauter geworden und ihr Rhythmus hatte sich zu einem dem Bolero von Ravel ähnlichem Stakkato gesteigert. Ich begriff dies als Teil der Choreografie und nahm an, dass sich die Vorstellung nun ihrem furiosen Ende nähern würde. Ich ließ meinen Blick ein wenig über das fasziniert starrende Publikum streifen. Mein Blick blieb bei einer Person hängen, an der mir irgendetwas bekannt vorkam. Dabei wusste ich nicht zu sagen, was es war … eine Geste … die Körperhaltung. Die Kleidung war es jedenfalls nicht, denn das schwarze Ledercape und die Ledermaske, die den gesamten Kopf umschloss, ließ noch nicht einmal das Geschlecht erkennen. Ich starrte konzentriert auf die Person und versuchte zu ergründen, was mir wohl so bekannt erschien. Da wandte sie den Kopf in meine Richtung, hielt wie erstarrt einen Augenblick inne und drehte sich dann hastig weg.

Mich lenkte eine Reaktion des restlichen Publikums ab, welches scharf den Atem einzog … Cagliostro hatte aus seinem „Werkzeugkoffer“ eine lange Bullenpeitsche gezogen. Er nahm Maß, indem er sie ausrollte und sich so weit vom Andreaskreuz entfernte, dass nur noch die Spitze der Peitsche seine Gespielin berühren würde.

Mein Blick suchte wieder nach der auffälligen Person, die mich scheinbar erkannt haben musste, jedoch fand ich sie nicht mehr in der Gruppe der Zuschauer. Womöglich war es ein Nachbar oder eine Kollegin, die völlig erstaunt über meine Anwesenheit und noch mehr über mein Outfit gewesen sein musste.

Auf der Bühne holte der Dom weit mit der Peitsche aus und begann jede der Wäscheklammer einzeln abzuschlagen. Er musste dies unzählige Male geübt haben, denn kaum ein Schlag ging fehl, sodass der Körper der Sklavin zwar die roten Klemmspuren zeigte, aber ansonsten ohne Verletzungen blieb. Als Letztes schlug er mit wohlgezielten Hieben die beiden Nippelklemmen von den Brüsten der Frau, die sich nun vor Schmerz nicht mehr halten konnte und laut aufschrie. Selbst aus der Entfernung konnte ich ihre vom Makeup verfärbten Tränen unter der Maske hervor fließen sehen.

Der Meister ging auf das Andreaskreuz zu, löste behutsam die Fesseln und entledigte sich seines Gehrocks. Die Sklavin stand zitternd und mit gebeugtem Haupt vor ihm. Er streichelte sanft ihre Wangen, legte ihr vorsichtig seinen Gehrock um und nahm sie in den Arm. Seine Hand strich ihr über den Kopf und er küsste sie zärtlich auf den Mund. Sie schmiegte sich an ihn und ließ sich von ihm von der Bühne führen, während die Musik langsam verklang und das Licht gedimmt wurde.

Ich fühlte mich, als wäre ich aus einem düsteren, erregenden Traum erwacht und blickte Sarah an. Sie sah dem Paar nach, welches sich in die hinteren Räume zurückzog. Ihr Mund war leicht geöffnet und ihre roten Lippen glänzten vor Erregung. Sie drehte ihren Kopf zu mir und fragte: „Willst du Cagliostro kennen lernen?“ Ich nickte und erzählte ihr von dem Blickkontakt während der Vorführung. „Hoffentlich hat das nichts Schlimmes zu bedeuten“, orakelte sie und ging mit mir einen schmalen Gang entlang zu einem der „Chambres séparées“. Auf ihr Klopfen erklang ein deutliches „ja, bitte“ und wir traten ein. Ich sah, wie der Dom die Frau mit einem Waschlappen vorsichtig reinigte und sie dann mit sehr viel Rücksicht eincremte. „Sarah, meine Schöne, ich hab dich schon im Publikum bemerkt. Du kennst Sandra noch nicht, meine neueste Errungenschaft. Ich habe sie von Dom Dirk übernommen, als er nach Kanada ging. Sie ist wirklich ein Traum, meinst du nicht auch?“ Sarah nickte zustimmend und stellte mich vor: „Darf ich dir einen Novizen vorstellen, den ich unter meine Fittiche genommen habe? Sein Name ist Michael und ich denke, er hat heute Abend einen Meister seiner Kunst erlebt.“ Wir reichten uns die Hand und ich stellte ihm interessiert Fragen, wie er diese Fähigkeiten erlernt habe, seit wann er in der Szene aktiv sei, etc. Er antwortete freundlich und ausführlich, ohne dabei den Blick von seiner Sub zu lassen und sich um ihr Wohl zu kümmern. Ich erkannte, dass meine Vorurteile jeglicher Grundlage entbehrten, wenn SM-Praktiken von Menschen mit Verantwortung und vor allem einem guten Gespür für das emotionale Auf und Ab während einer Session durchgeführt werden. Es würde zwar nie meine persönliche Leidenschaft werden, aber ich konnte mich nicht von einer deutlichen sexuellen Erregung durch das Gesehene freisprechen.

Sarah berührte mich an der Hand und meinte, es wäre nun sicher Zeit, die beiden Akteure zur Ruhe kommen zu lassen. Wir verabschiedeten uns und gingen für einen Absacker noch an die Bar. Der Veranstaltungsraum hatte sich deutlich geleert und dafür erklangen aus den Hinterzimmern Geräusche, die kaum Raum für Interpretationen zuließen.

Sarah blickte mich über den Rand ihres Rotweinglases an und taxierte mich. „Was? Stimmt was nicht? Hab ich irgendwas im Gesicht?“, fragte ich unsicher. „Nein, nein, mich würde nur interessieren, wie der Abend auf dich gewirkt hat und ob dir diese Eindrücke bei deinen Ermittlungen weiterhelfen.“ „Das ist noch sehr schwer einzuschätzen, aber zumindest werde ich einige Vorurteile ablegen müssen.“ Irgendwie schienen ihre Augen immer dunkler zu werden, wie ein abgrundtiefer See. Ich wusste diesen Blick nicht zu deuten. Ahnte sie etwas von meinen Reaktionen auf die Show, hatte sie mittlerweile eine vage Ahnung, wer der gesuchte Täter sein könnte und war er möglicherweise heute hier gewesen? Moment ... hatte die mir auffällig gewordene Person eigentlich MICH so erschreckt angestarrt oder Sarah, die direkt neben mir saß? Sarahs Stimme riss mich aus diesen Gedanken: „Ich denke, wir sollten langsam aufbrechen. Mein Tag war heute sehr anstrengend und ich würde gerne in die Falle gehen.“

Ich begleitete Sarah zu ihrem Wagen, öffnete ihr die Tür und war ihr beim Einsteigen behilflich. Der Händedruck zum Abschied war zart und dauerte länger, als es für eine Verabschiedung üblich war. Mir saß ein Kloß im Hals, als ich sie fragte: „Magst du noch einen Espresso bei mir trinken? Ich würde dir gerne noch ein paar Fragen stellen, falls du nicht zu müde bist.“ Über ihr Gesicht huschte ein Lächeln, als wären meine Worte genau das, was sie sich erhofft hatte. „Einverstanden, aber der Espresso muss Tote aufwecken können. Du fährst vor.“

Kapitel 16

Durch einen glücklichen Zufall waren vor meinem Haus in Hassels noch genau zwei Parkboxen frei. Ich war Sarah auch beim Aussteigen behilflich, was sie mit einem koketten „ein Gentleman der alten Schule, da fehlt nur noch ein Handkuss“ kommentierte. Mehr als dir eine runterhauen kann sie nicht, dachte ich mir und nahm meinen Mut zusammen. Mein Gott, war ich aus der Übung im Umgang mit Frauen … naja, Sarah war für mich schon länger nur noch Frau. Also ergriff ich ihre rechte Hand, legte wie ein Hauch meine Lippen auf ihren Handrücken und erwiderte: „Gnädigste, haben sie die Güte, mit mir in meinem kärglichen Gemach noch einen Trunk zu nehmen?“ Und da erklang es wieder, dieses glockenhelle Lachen, so echt und unverfälscht, was mir Sarah direkt am Anfang unserer Bekanntschaft so sympathisch gemacht hatte. „Ich werde mich ausnahmsweise zu solch einer Tat herablassen.“ Ich grinste, öffnete die Haustür und wir fuhren mit dem Aufzug in die zweite Etage.

„Kann ich dir behilflich sein?“, fragte meine Besucherin. Statt einer Antwort führte ich sie ins Wohnzimmer, platzierte sie auf der Couch und legte eine CD mit Musik von Pavarotti ein. Ich verschwand in die Küche, nachdem ich ihre Vorlieben für die Stärke des Espressos erfragt hatte. Keine zehn Minuten später kehrte ich mit zwei kleinen Tassen sowie Zucker und für jeden eine kleine Praline auf der Untertasse zurück. Sarah hatte mittlerweile ihren Bolero abgelegt, sich auf der Couch zurückgelehnt und eine Hand in ihren Nacken geschoben. Sie verzog das Gesicht, als sie ein wenig ihre Schultern massierte.

Dankbar ergriff sie die Tasse, gab zwei kleine Löffel Zucker hinein und rührte um. Nach dem ersten Schluck stöhnte sie wohlig auf und meinte: „Ein echtes Lebenselixier, der ist dir wirklich gut gelungen." Sie knabberte an der Praline, während ich sie beobachtete. Ich hatte zwei Kerzen auf dem Couchtisch angezündet und ihre roten Locken nahmen einen goldenen Schimmer an.

Ich versuchte meine Nervosität zu überspielen und wurde sachlich: „Was glaubst du? War der Täter heute Abend da?" „Wer weiß? Vielleicht kennt er dich inzwischen sogar, von den Zeitungsartikeln, und die Person, die dir aufgefallen ist, war der Täter und hat dich erkannt. Wenn das der Fall sein sollte, wird er sehr nervös sein, weil er glaubt, dass du ihm auf der Spur bist, und zwar näher, als er je erwartet hätte."

Ich wiegte meinen Kopf hin und her: „Ich glaube weniger dran, dass derjenige unser Serienmörder ist. Ich vermute dahinter eher einen mir bekannten Menschen, der sich erwischt fühlt." Sarah legt wieder den Kopf in den Nacken und rieb an ihren Schultern: „Ich glaube, ich muss mal wieder zur Massage. Mein Rücken bringt mich um. Kennst du einen guten Masseur hier in der Gegend?" „Ja, den Hans Koch, der ist gut ... aber der wird dir heute nicht mehr helfen können." Sie blickte mich erwartungsvoll an, klopfte mit der einen Hand auf den Platz neben sich und meinte: „Als guter Gastgeber solltest du da einspringen." Ich hoffte, dass sie nicht meine schweißnassen Hände spüren würde, wenn ich sie berührte. Ich erhob mich, nahm neben ihr Platz und sie hob ihren Haarschopf hoch. Sarah beugte ihren Kopf vor, sodass ich bequem Nacken und Schulterpartie massieren konnte. Nun, nicht gerade massieren, aber zumindest sorgte ich für eine gute Durchblutung. Ich rieb vorher meine Hände kräftig aneinander, damit sie nicht zu kalt waren. Sarah ließ ein wohliges Stöhnen, ähnlich dem Schnurren einer Katze, vernehmen.

Unvermittelt drehte sie sich um, blickte mich lange an und nahm mein Gesicht in ihre gepflegten Hände. Langsam näherte sich ihr Mund dem meinen und unsere Lippen berührten sich. Bei mir war jegliche Ablehnung verschwunden, Sarah war kein „Zwischenwesen“, sie war nur Frau ... und ich gestand mir endlich ein, dass ich sie begehrte. Sie schien das zu spüren und führte meine Hände auf ihren Rücken. „Öffne die Korsage, du hast doch schon den ganzen Abend so fasziniert auf meine Brüste gestarrt. Jetzt sollst du sie ganz und in Natur sehen ... und fühlen.“ Wie durch ein Wunder gelang es mir sämtliche Haken der Korsage blind zu lösen. Das Kleidungsstück glitt an ihr herab und gab den Blick auf einen Busen frei, von dem ich zwar wusste, dass er durch Chirurgenkunst entstanden war, aber dennoch so perfekt und echt aussah, dass ich nur staunen konnte. Mein Mund näherte sich ihren Brustwarzen, die bereits steil aufragten. Leicht knabberte und saugte ich an ihnen, was Sarah mit einem tiefen gutturalen Stöhnen beantwortete. Auch sie konnte ihre Finger nicht mehr bei sich behalten, nestelte an den Knöpfen meines Hemdes herum und fuhr mir mit ihren roten Krallen über Brust und Rücken. Wir erhoben uns und rissen uns mehr oder weniger auf dem Weg ins Schlafzimmer den Rest der Kleidung herunter. Den Rest? Nicht ganz, Sarah behielt einen kleinen schwarzen Slip an. Wir legten uns aufs Bett, streichelten uns am ganzen Körper und ich erkundete jeden Quadratzentimeter mit meinem Mund. Plötzlich gab sie mir einen Stoß, ich drehte mich auf den Rücken und sie nahm rittlings auf meinem Schoß Platz.

„Willst du das wirklich oder ist es reine Neugier?“, keuchte sie. Statt einer Antwort zog ich sie zu mir herunter und küsste sie mit aller Leidenschaft, die in mir war. „Ich will dich und das vermutlich schon viel länger, als ich mir vorstellen kann.“ Ihre Hand wanderte zum Lichtschalter der Nachttischlampe, schaltete sie aus und flüsterte: „Dann nimm mich, denn ich wollte dich schon bei deinem Besuch in meinem Café.“ Sie streifte den Slip herunter und ich sah und fühlte das, was an Sarah noch männlich war. Es war mir völlig gleichgültig, ich begehrte einfach dieses wunderbare Wesen. Und genau das wollte ich sie in dieser Nacht fühlen lassen …

Ich erwachte nach wenigen Stunden Schlaf. Sarah hatte sich wohl aus meinem Schrank ein T-Shirt genommen und lag wie eine kleine Katze zusammengerollt vor meinem Bauch. Vorsichtig, Zentimeter für Zentimeter, rutschte ich zu Bettkante und stand auf. Geschafft, sie war nicht aufgewacht. Vorsichtig schloss ich die Tür des Schlafzimmers und begann in der Küche das Frühstück vorzubereiten. Kaffee, frisch gepresster Orangensaft, Käse, Schinken, selbst gemachte Marmelade von Jupps Frau ... eigentlich fehlten nur noch frische Brötchen. Ich schlich zurück ins Schlafzimmer und griff nach einer Hose und einem Hemd. Sarah hatte sich gedreht und blinzelte mich verschlafen an. „Das ist doch DEINE Wohnung, du brauchst dich nicht rausschleichen“, grinste sie frech. „Irgendwelche Brötchenwünsche?“ „Am liebsten Croissants oder Brioche!“ Ich zog los, während Sarah sich ins Bad begab.

Bei meiner Rückkehr stand sie in der Küche und belud ein Tablett mit Geschirr und Besteck. Da ich ein wenig glänzen wollte, bereitete ich eine meiner Spezialitäten zu. Dazu schnitt ich Paprika, Zwiebeln, Tomaten und Schinken in kleine Würfel, briet das Ganze an und goss dann drei verquirlte Eier darüber. Stolz marschierte ich mit meinem Meisterwerk ins Wohnzimmer. Dort stand die Balkontür offen, Sarah hatte auf dem Balkon gedeckt.

Nachdem wir fast alles geradezu verschlungen hatten, blickte Sarah mich fragend an: „Lass jetzt bloß nicht dieses peinliche Schweigen aufkommen. Sag mir einfach, ob wir uns wieder sehen werden. Eigentlich hatte ich angenommen, dass dein Interesse mehr Linda Molitor gelten würde.“ Ich räusperte mich: „Von wegen Schweigen. Ich suche eher nach den richtigen Worten. Natürlich bin ich auch ein wenig verwirrt, aber in jedem Fall überwiegt die Freude und das

Glück, jemand wie dich zu kennen … und auch, was wir heute Nacht gemeinsam erlebt haben. Und Sylvia ist zwar reizvoll, aber ihr familiäres Umfeld schreckt mich total ab." Dabei grinste ich sie an. Sie streichelte über meinen Handrücken und wollte gerade zu einer Erwiderung ansetzen, als mein Handy nervtötend zu klingeln begann. „Moment, ich würg den Anrufer schnell ab, wir lassen uns doch nicht den Tag versauen."

Auf dem Display erkannte ich, dass Jupp der Anrufer war. Seufzend drückte ich die Taste mit dem grünen Telefon und meldete mich: „Du störst, ich habe heute keine Bereitschaft und …". Jupp unterbrach mich: „Laber keinen Scheiß, schmeiß dich in deine Klamotten und komm nach Himmelgeist, zum Parkplatz am Schloss, aber subito." Und damit hatte er bereits eingehängt.

Ich ging zurück zu Sarah auf den Balkon: „Tut mir leid, Jupp hat wohl Sehnsucht. Ich muss leider los. Magst du hier bleiben und auf mich warten?" „Würde ich gerne, aber ich habe heute Nachmittag einen Patienten. Lass uns einfach telefonieren, vielleicht können wir ja morgen einen Ausflug machen." Sie erhob sich und ließ sich von mir zum Abschied umarmen und küssen. „Zieh einfach die Tür zu, wenn du gehst … ich freu mich auf dich!" Ihr eine Kusshand zuwerfend schnappte ich meine Jacke und flitzte zu meinem Wagen. Im Moment dürfte die Münchenerstrasse noch relativ leer sein.

Ich verließ die Schnellstrasse an der Ausfahrt Universität und näherte mich dem Schloss Mickeln aus Richtung Norden. Der Parkplatz war großräumig abgesperrt und um das Flatterband scharten sich bereits Schaulustige. Komisch, dass am Samstagmorgen so viele Menschen unterwegs waren. Ich zeigte einem der uniformierten Kollegen meinen Dienstausweis und er ließ mich die Sperre durchqueren. Jupp kam auf mich zugeeilt. Ernst begrüßte ich ihn: „Du willst mir doch jetzt nicht erzählen, dass unser Killer an der gleichen Stelle noch einmal zugeschlagen hat. So blöd kann doch niemand sein.“ „Leider doch ... aber jetzt komm erst mal mit.“ „Habt ihr schon die Personalien des Opfers feststellen können?“ „Nun ... äh ... es handelt sich auch dieses Mal nicht nur um EIN Opfer, sondern um zwei.“ Ich riss die Augen weit auf: „Zwei? Wie soll er denn zwei Menschen auf diese Art überwältigt haben? Da läuft man doch weg oder wehrt sich zumindest.“ Jupp grummelte: „Jaja, komm erst mal mit!“

Mich wunderte die Einsilbigkeit meines Kollegen und ich ging ihm mit schnellen Schritten voran auf den Feldweg zu, der das Schloss umgab. Auf halber Strecke kam mir mein Freund Ruprecht Vollmer, der Pathologe, entgegen. Mit einem Blick zu Jupp fragte er: „Hast du es ihm schon gesagt?“ „WAS gesagt?“, fragte ich, nun in einem etwas schärferen Tonfall. Ruprecht legte seinen Arm auf meine Schulter und sagte sehr leise: „Michael, es ist zwar aller Wahrscheinlichkeit nach unser bekannter Täter, aber dieses Mal ist es etwas sehr Spezielles ... etwas Persönliches.“ Auf meinen fragenden Blick sagte er: „Es ist ein schlimmer Anblick und wir wollten dich vorbereiten.“ Auf das, was ich in den nächsten Minuten sehen musste, konnte man aber nicht vorbereitet werden.

Ruprecht trat zu einer auf dem Boden ausgebreiteten Plane und zog sie beiseite. Ich blickte in das vor Erstaunen erstarrte Gesicht von Dirk Galski ... Dirk, mit dem ich vor ein paar Tagen noch in Urdenbach gegessen hatte ... Dirk, der mich so mit seiner natürlichen Art und seinem Eifer begeistert hatte ... Dirk, den ich zu uns ins K 11 holen wollte. Dirk lag vor mir und ich sah eine klaffende Wunde in seiner Brust. Seine Kleidung war blutdurchtränkt und das Erdreich neben ihm war dunkel von seinem Blut. Ich begann zu taumeln und Jupp sprang hinzu, um mich zu stützen. „Mischa, isch weiß nitt, wat isch sajen soll. Isch hab den Jung doch auch jern jehabt." Ich hockte mich hin und kontrollierte meinen Atem. Wenn ich weiter so hyperventilierte, würde ich sicher bewusstlos. Nach zwei Minuten erhob ich mich wieder, räusperte mich und fragte: „Du sprachst von einem zweiten Toten?" Stumm wies Schmitz auf die nur wenige Meter entfernt liegende weitere Plane. Ich kniete mich nieder und hob sie selbst an. Ich schnellte in die Höhe und riss dabei die gesamte Abdeckung beiseite. Vor mir lag Linda Molitor, ihren Körper zeichneten die gleichen Verletzungen wie die zuvor ermordeten Transvestiten. Ihre rechte Hand umklammerte ein Butterfly-Messer. Im Gegensatz zu Dirks Gesicht war ihres vor Schmerz verzerrt.

Ich ließ den Kopf hängen und dachte laut nach: „Wie kann es sein, dass es gerade die Beiden hier an dieser Stelle erwischt hat? Ob Dirk nochmals Kontakt zu ihr als ehemaliger Klassenkamerad aufgenommen hat? Und was hatte Linda hier zu suchen?" Ruprecht wiegte den Kopf bedächtig hin und her: „Ich glaube eher, dass sie zufälligerweise an diesem Ort zusammentrafen. Und ich gehe auch davon aus, dass sie nacheinander getötet wurden. Was mir nur völlig unklar ist, warum Galski seine Waffe noch im Holster stecken hat. Ich will jetzt nicht unnötig die Pferde Kopfscheu machen, aber der Art der Eintrittswunde bei Galski nach zu urteilen, vermute ich, dass Action 4 Munition verwendet wurde. Genaueres kann ich aber erst nach der Obduktion sagen."

Auf meine Frage, ob die Familie Molitor schon informiert sei, nickte Jupp: „Ich rechne jeden Augenblick mit dem Eintreffen vom alten Molitor. Er wollte nicht warten, bis wir seine Tochter in die Uniklinik gebracht haben. Wir sollten uns aber vorsehen, du weißt selbst, wie jähzornig er werden kann. Dann ist er unberechenbar."

Hinter uns rief uns ein Uniformierter zu, dass Molitor angekommen sei. Ich rechnete mit einem wütend heranstampfenden Bullen und war überrascht, einen völlig gebrochenen, langsam vor sich hin schlurfenden Mann zu erblicken. Sein Gesicht war aschfahl und seine Hände zuckten unkontrolliert.

Wir führten ihn zu der Stelle, wo Linda lag. Als er in das tote Gesicht seiner Tochter sah, brach er zusammen, sank auf die Knie und begann hemmungslos zu schluchzen. Unsere angebotenen Arme, um ihm aufzuhelfen, stieß er beiseite. „Findet dieses Schwein, bevor ich es tue." Er richtete sich auf. „Ich muss zu Sylvia, ich weiß nicht, wie ich ihr das beibringen soll."

Jupp und ich versicherten uns, dass die Kollegen der KTU die Tatorte bereit untersucht und gesichert hatten. Dann machten wir uns selbst auf die Suche, um uns einen eigenen Eindruck zu machen. Jupp äußerte seine Überlegungen: „Was hältst du von folgender Theorie: Für Linda Molitor war ihr Schwager ein enger Freund, für den vielleicht auch tiefer gehende Gefühle bestanden. Und da er seiner eigenen Frau scheinbar gleichgültig war und sie mit der Szene vertraut war, hat sie selbst angefangen, den Mörder zu jagen. Vielleicht hat sie sich als Transvestit ausgegeben und übers Internet ein Date ausgemacht. Die Waffe hat sie zum Selbstschutz mitgebracht. Nur warum der Junge auch hier war, darauf kann ich mir keinen Reim machen."

Ich hingegen konnte das schon: „Weißt du, Jupp, wer schuld am Tod von Galski ist? ICH ... nur ich allein. Als wir vor ein paar Tagen gemeinsam etwas gegessen hatten, vermutete ich, dass der Täter möglicherweise bevorzugte Tatorte hat und dass man vielleicht pro forma die bisherigen Tatorte überwachen sollte. Und er hat das als unausgesprochenen Auftrag angesehen und Chance, sich zu profilieren. Vielleicht wollte er uns beide einfach beeindrucken. Die Anwesenheit von Linda hat ihn dann so abgelenkt, dass der Mörder die Chance hatte, ihn ohne Gegenwehr auszuschalten. Und nur wegen meiner Sorglosigkeit ist der Junge tot ... ich könnte kotzen!" Ich konnte es nicht verhindern, Tränen liefen über meine Wangen. Vielleicht hatte ich in Galski eine jüngere Ausgabe von mir gesehen, nur hatte ich bessere Ausbilder gehabt, die mich nicht in Gefahr gebracht hatten, so wie ich ihn."

Ich setzte mich auf die Motorhaube meines Wagens. Jupp reichte mir eine seiner Culebras, gewundene Zigarillos, weshalb sie auch krumme Hunde genannt wurden. Dankbar griff ich zu, meine erste seit fast acht Jahren. Tief sog ich den würzigen Rauch ein und musste sofort husten. Jupp hockte neben mir und fragte, wie wir nun weiter vorgehen sollten. Ich erwiderte, dass ich gerne heute für mich alleine wäre ... er verstand sofort. Schmitz stieg in seinen Wagen. Ich hatte mein Handy hervorgeholt und versuchte Sarah zu erreichen. Im Vorbeifahren rief Jupp mir noch zu: „Pass bloß auf und verzettel dich nicht mit deiner Tucke!" Wütend wollte ich antworten, aber er hatte schon Gas gegeben und war mit durchdrehenden Reifen abgerauscht. Seine Ignoranz und Borniertheit waren nicht zu überbieten.

Sarah meldete sich: „Hallo, Micha, ich hoffe, es war nichts Ernstes." „Leider doch, mein junger Kollege, Dirk Galski, der dich so bei deinem Besuch im Präsidium bewundert hat, ist erschossen worden." Ich hörte Sarah tief einatmen: „Mein Gott, der arme Kerl. Was ist denn geschehen? Willst du zu mir kommen?" „Nichts lieber als das, aber du hast doch Patienten." „Den Termin kann ich vorverlegen, wenn du in einer Stunde hier bist, hab ich den ganzen Tag Zeit für dich." Ich dankte ihr und verabschiedete mich. Danach fuhr ich wieder ins Café Extrablatt nach Urdenbach, irgendwie wollte ich dort von Dirk Abschied nehmen. Nach zwei Latte Macchiato und einem Brandy, einem Cardenal Mendoza, war die Wartezeit um und ich für zu Sarah nach Benrath.

Sie empfing mich mit einer Umarmung, hakte sich in meinen Arm ein und geleitete mich zur Couch. Als ich saß, ergriff sie meine Beine, legte sie auf die Couch und meinte: „Mach es dir bequem, ich setzte mich zu dir und du kannst mir erzählen, was dir durch den Kopf geht." „Bitte keine Couchsitzung, ich fühle mich dann erst recht bescheuert. Wegen meines Fehlers ist ein junger Mensch tot, der sein Leben noch vor sich hatte. Und das macht mich einfach fertig." „Bevor du dich völlig selbst zerfleischst, solltest du dir über eines im Klaren sein: Galski war erwachsen und für seine Taten voll verantwortlich. Möglicherweise hättest du in seinem Alter und der gleichen Situation genau so gehandelt." „Mag sein, aber mich hätten gute Leute beschützt. SIE hätten nicht versagt, so wie ich."

Es entwickelte sich ein verbales Gefecht, in welchem ich mir die volle Verantwortung gab und sie mir immer Kontra bot, Gegenargumente brachte und mir langsam aber stetig bewusst machte, dass ich zwar einen Fehler gemacht hatte, aber nicht für Dirks Tod verantwortlich war. Nach drei Stunden verabschiedete ich mich, sie hatte mir so gut getan. Mein Kopf war freier, ich sah klarer und war wieder in der Lage, weiter an dem Fall zu arbeiten ... und dies mit noch mehr Energie als vorher. Denn jetzt war es eine persönliche Sache und besaß nicht mehr die Neutralität, die man einfach in meinem Job besitzen muss, wenn man nicht vor die Hunde gehen will.

Morgen würden Jupp und ich die Jagd aufnehmen ... und das Schwein zur Strecke bringen.

Kapitel 17

Am Montag war ich bereits gegen 7.30 Uhr im Präsidium. Ich suchte direkt Polizeioberrat Richter auf, um ihn über die aktuelle Lage zu informieren. Auch er zeigte ehrliche Betroffenheit und bot mir weitere Hilfe an. Ich lehnte dankend ab und sagte, dass Schmitz und ich alleine mit der Sache fertig würden, unter der Voraussetzung, dass wir vom Tagesgeschäft befreit würden. Dies sicherte er mir direkt zu, jedoch gab er mir folgende Mahnung mit auf den Weg: „Sollte ich bemerken, dass sie Beide sich in der Sache verrennen und den Fokus verlieren, entziehe ich ihnen den Fall."

Bei meiner Rückkehr ins Büro fand ich Jupp vor, der konzentriert auf seinen Bildschirm starrte. „Es ist gerade eine Nachricht rein gekommen, mein Alter, Roderich hat wohl die Nacht durchgearbeitet und wird gleich da sein." In diesem Augenblick klopfte es bereits und Roderich steckte seinen Kopf durch den Türspalt. „Habt ihr Zeit, Jungs? Ich bin fertig mit meinen Untersuchungen." Jupp winkte ihn herein und ich schenkte ihm eine Tasse Kaffee mit viel Milch ein. Er nahm Platz, bog seinen Rücken durch und massierte sich den Nacken. „Sorry, aber die Nacht war kurz. Ich habe tatsächlich Recht gehabt, Galski ist mit Action 4 Munition getötet worden. Dadurch haben wir zwar keine Chance auf eine ballistische Zuordnung zu einer Waffe, aber es grenzt definitiv den Kreis der potentiellen Täter ein. Action 4 Munition ist nicht frei verkäuflich und nur entsprechenden Behörden zugänglich, die geringe Menge illegaler Verkäufe mal ausgenommen. Wir müssen wohl akzeptieren, dass der Täter möglicherweise aus unseren eigenen Reihen stammt."

Wir saßen wie vom Donner gerührt auf unseren Stühlen. In diese Richtung hatten wir noch gar nicht gedacht, warum auch. „Der ausführliche Bericht im Fachchinesisch folgt heute Nachmittag, jetzt haue ich mich erst mal ein paar Stunden auf's Ohr.“ Damit war er auch schon wieder durch die Tür. Jupp wollte gerade zu einem Kommentar ansetzen, als es wieder klopfte und in der Tür stand Sarah. Jupp verdrehte die Augen und wandte sich wieder seinem Bildschirm zu. Meinen zornigen Blick ob dieser Unverschämtheit hatte er aber sicher noch mitbekommen. Ich begrüßte Sarah: „Komm rein und setz dich. Was können wir für dich tun?“ Sie nahm auf dem angebotenen Stuhl Platz und wandte sich direkt an Schmitz: „Ich weiß, sie können mich nicht leiden, Herr Kommissar, und ich weiß auch warum ... aber ich bin zu ihnen Beiden gekommen, um ihnen nach den gestrigen Vorkommnissen ein Angebot zu machen.“ Jupp und ich sahen sie fragend und interessiert an. „Ich werde folgendes tun: ich werde in einem der einschlägigen Internet-Portale ein Profil mit einem Foto einstellen, welches dem Aussehen und der Aufmachung der bisherigen Opfer entspricht. Wenn ich von euch Einblick in die Mailkorrespondenz oder die Chats der bisherigen Opfer bekomme, kann ich mich entsprechend bei Kontakten verhalten und so vielleicht auch den mutmaßlichen Täter erkennen. Mit diesem werde ich dann ein Date ausmachen, bei dem ihr mich bewacht. Und dann lassen wir die Falle zuschnappen.“

Mit offenen Mündern starrten wir sie an. Als ich meine Fassung wieder gewonnen hatte, entgegnete ich: „Das lasse ich nicht zu, der Täter ist kaltblütig und erbarmungslos. Du wirst dich nicht in Gefahr bringen.“ „Wieso nicht? Ihr tut das doch auch und ich bin das den anderen Transgendern einfach schuldig, kaum noch jemand traut sich auf die Strasse. Nein, ich halte meinen Weg für den besten, es liegt nun an euch, ob ihr die Chance nutzen wollt.“

Es war das erste Mal, dass ich in Jupp's Augen so etwas wie Respekt oder Anerkennung für Sarah sah. Er meinte: „Also, ich teile zwar deine Bedenken, Micha, aber ich finde den Vorschlag von Frau Rose gut. Er eröffnet uns Chancen, die wir nie hätten. Wir würden im Chat doch gleich auffliegen.“ Ich sträubte mich zwar immer noch, war aber bereit mit unserem Chef Richter das Vorgehen abzusprechen und sein o. k. einzuholen. „Dann mach hin oder sollen wir noch eine Leiche abwarten? Ich mache für Frau Rose derweil einen Kaffee“, trieb Jupp mich an. Seufzend griff ich zum Telefon und fragte in Richters Sekretariat nach einem Termin. Ich konnte direkt zu ihm kommen und bekam nach kurzer Schilderung die Freigabe, unter der Maßgabe, absolutes Stillschweigen auch innerhalb der Polizei zu halten. Dabei fielen mir wieder die letzten Worte von Roderich ein - *dass der Täter möglicherweise aus unseren eigenen Reihen stammt.*

Wir sprachen mit Sarah die Vorgehensweise ab, verständigten uns über ein Pseudonym für das Internetportal, damit wir öffentliche Chats verfolgen konnten und legten mögliche Safe words fest, die uns signalisierten, ob Sarah in dem Kontakt den Täter vermutete oder ob sie in Gefahr war. Sie versprach, das Profil sofort anzulegen und fuhr nach Hause.

Jetzt würde die Zeit des Wartens beginnen. Aber nur kurz, denn Sarah hatte bereits zwei Stunden nach unserem Gespräch das Profil eingestellt und uns per Email informiert. Wir meldeten uns unter einem eigenen Profil unter „Trans-Mutation-Germany.de“ an und beobachteten die öffentlichen Chats. Sarah war unter ihrem Profil

„trans-ddorf-süd“ angemeldet und befand sich bereits in angeregtem und eindeutigem Chat mit „Interessenten“. Mir schwoll der Kamm wegen der Obszönitäten, die Sarah über sich ergehen lassen musste. Jupp bekam immer größere Augen, das war definitiv nicht seine Welt. Ich entschloss mich, nochmals die Protokolle der Chats der bisherigen Opfer durchzugehen, um vielleicht anhand der Diktion der Chat-Besucher bereits Auffälligkeiten festzustellen. Nach drei Stunden hatte ich mir ein ungefähres Bild gemacht und wir beschlossen, für heute Feierabend zu machen.

Am Abend telefonierte ich nochmals mit Sarah. Sie teilte mir mit, dass sich bislang noch kein Kontakt ergeben habe, der irgendwie auffällig war. Nun, das wäre ja auch zu schön gewesen. Wir verabredeten uns zum Essen für den nächsten Abend und ich ging früh ins Bett.

Kapitel 18

Mittlerweile waren drei Tage vergangen, ohne dass sich ein Erfolg eingestellt hätte. Wir wurden immer frustrierter und die lokale Presse begann auf uns einzuschlagen. Die Pressestelle der Polizei rief täglich mindestens zwei Mal bei uns an und fragte nach neuen Entwicklungen, die man mundgerecht den Kollegen der schreibenden Zunft unterjubeln konnte. Wie ich diese Informationshyänen hasste!

Ich wurde immer übellauniger, war ungerecht gegenüber meinen Kollegen, steigerte mich immer mehr in meine Schuld-Paranoia hinein und versuchte mich beim Training abzureagieren. Nachdem ich einen meiner Sparringspartner mit solcher Wucht zu Boden geworfen hatte, dass ihm zwei Freunde aufhelfen mussten, meinte der Inhaber der Clubs: „Sensei, du kämpfst, als hättest du einen Dämon in dir. Werde ihn los, bevor er ganz von dir Besitz ergreift." Asiatisches Geschwätz, dachte ich bei mir, doch auf der Fahrt nach Hause, verschwitzt und immer noch gereizt, wurde mir klar, dass er gar nicht so Unrecht hatte. Durch den Druck, unter den ich mich selbst setzte, verlor ich meine Objektivität und den Blick für wesentliche Details. Daher entschloss ich mich, an diesem Abend ein paar Entspannungs- und Yoga-Übungen zu machen, vielleicht würde mir das ja weiterhelfen.

Entgegen meinen eigenen Erwartungen kam ich tatsächlich etwas zur Ruhe und war in der Lage, mir Vorgehensweisen für verschiedene Szenarien zu überlegen. In diesem Moment klingelte mein Handy.

„Hallo, hier ist Sarah, bist du zu Hause? Dann schmeiß den PC an und log dich ein. Ich glaub, ich habe ihn am Haken, im öffentlichen Chat. Sehr gepflegte Ausdrucksweise, mit unterschwelligen Anspielungen, sehr viel Esprit.“ Ich suchte verzweifelt nach meinen Latschen, fluchte heftig, als ich mir den Fuß am Couchtisch stieß und rannte schließlich barfüßig ins Arbeitszimmer. Mein PC war zum Glück online, sodass ich binnen weniger Augenblicke im bekannten Internetportal angemeldet war. Sarah hatte mir Kopien des bisherigen Chats per Mail zugesandt. Ihr Chatpartner nannte sich „Lord of Leather“, mein Gott, klang das aufgesetzt! Aber ich musste ihr Recht geben, der Schreibstil wirkte sehr vertraut. Ich rief Sarah zurück und vereinbarte mit ihr für den nächsten Morgen einen Termin im Präsidium. In gleicher Weise informierte ich Jupp und unseren Chef Richter.

Pünktlich um 8.50 Uhr am nächsten Morgen stand ich vor dem Besprechungszimmer, an dessen Tür bereits folgender Hinweis klebte: Besprechungsraum belegt von Polizeioberrat Richter ab 9.00 Uhr, Dauer 3 Stunden. Demnach war Richters Sekretärin heute sehr früh hier gewesen und hatte den Raum geblockt. Ich trat ein und fand ein kleines Zimmer vor mit einem großen Tisch und sechs Stühlen. Auf dem Tisch standen eine Thermoskanne mit Kaffee, mehrere Tassen und Gläser sowie Säfte und Wasser. Perfekt, Jupp würde zwar wegen fehlender Kekse meckern, aber über solche Banalitäten konnte ich nur schmunzeln.

Richter, Jupp und Sarah kamen gleichzeitig herein. Richter im klassischen anthrazitfarbigen Zweireiher, Jupp dieses Mal mit Tweedjackett, Baumwollhemd und cognacfarbener Cordhose, Sarah im dunkelblauen Hosenanzug mit weißer Bluse … und ich wieder mal völlig daneben in Holzfällerhemd, Jeans und Caterpillars. Richters missbilligender Blick entging mir nicht, ebenso wenig Sarahs lächelndes Kopfschütteln. Richter bat uns alle Platz zu nehmen und bat um einen kurzen Abriss über den aktuellen Ermittlungsstand. Jupp nahm mir die Berichterstattung ab und skizzierte unsere Überlegungen an einem in der Ecke stehenden Flipchart: „Frau Rose hat vom vermuteten Täter einen Vorschlag für ein Treffen erhalten, und zwar morgen Abend um 22.00 Uhr in den Urdenbacher Kämpen, auf halber Strecke zur Fähre nach Zons. Dort befinden sich vereinzelte Haltebuchten mit Sitzbänken. An der ersten soll das Date stattfinden. Leider ist dieser Ort nur schwer überwachbar, da überwiegend freies Feld ringsum ist. Lediglich direkt hinter einer Bank befinden sich Büsche und ein paar Bäume sowie einige Bienenstöcke.“ Jupp legte uns Luftbildaufnahmen von Google maps vor, um das Gesagte zu verdeutlichen. Ich war von seiner Vorarbeit begeistert, da wir am Telefon nur kurz gesprochen und einen Schlachtplan entwickelt hatten. „Ich denke mir, hier an den Bienenkörben und an zwei der gegenüber liegenden Bäume können wir Scheinwerfer anbringen und eine Gruppe SEK kann sich über das Gelände verteilen. Wir sollten jedoch bereits heute mit den Vorbereitungen beginnen, falls der Täter den Treffpunkt beobachtet.“ Richter nickte und wandte sich an Sarah: „Frau Rose, wir sind ihnen natürlich für ihre Unterstützung dankbar, aber die Angelegenheit ist nicht ungefährlich. Sollen wir nicht lieber eine Beamtin an ihrer Stelle dort positionieren?“ „Und was ist, wenn etwas Unvorhergesehenes passiert, wenn der Täter Fragen stellt, die nur ich beantworten kann?“, erwiderte sie. „Das Risiko, dass er entkommt, ist doch zu groß und ein zweites Mal fällt er bestimmt nicht auf so eine Falle rein. Ich glaube, ihre Leute werden schon darauf achten, dass mir nichts passiert, ich habe volles Vertrauen.“ Aufmunternd lächelte sie uns zu.

Richter klatschte in die Hände: „Gut, dann werden wir wie abgesprochen verfahren. Ich informiere das SEK und sie, Herr Oberle, übernehmen deren Einweisung. Herr Schmitz wird die Techniker wegen der Beleuchtung einschalten und Ich halte uns derweil die Presse vom Hals. Ein letztes Briefing findet morgen um 14.00 Uhr statt, wir werden bereits um 19.00 Uhr Posten beziehen." Jupp stöhnte leise, ich wusste um seine Blasenprobleme. „Du kannst dich ja ins Gebüsch schlagen, wenn es zu heftig wird", raunte ich ihm zu. „Meinst du, ich hab Schiss?", empörte er sich. „Nein, ich meinte wegen deiner Prostata, ist doch so bei älteren Herren." Statt einer Antwort erhielt ich einen Ellenbogenstoß in die Rippen.

Ich schlug vor, dass wir gemeinsam mit Sarah in der Kantine noch etwas trinken sollten. Jupp hatte vergessen, Kaffee mitzubringen und daher fiel unser Büro flach. Gemeinsam zogen wir los, still, ohne Worte, jeder hing seinen Gedanken nach. In der Kantine fanden wir gerade noch einen freien Tisch mit drei Plätzen, da langsam die Mittagspause der Kollegen begann. Ich ging an die Theke und bestellte zwei Kaffee und einen Cappuccino. Mit einem Minimum an verkleckerten Getränken kam ich an unseren Tisch zurück und war erstaunt, Silke Krause an unserem Tisch zu sehen. „Hallo, Frau Kollegin, was treibt sie denn ins Präsidium?" Silke reichte mir die Hand: „Wir haben in Benrath einen Taschendieb aufgegriffen, während der Bierbörse hatte er mehrfach zugeschlagen. Ich habe ihn eben bei den Kollegen vom Dezernat Diebstahl abgeliefert und wollte nur noch schnell einen Kaffee trinken, ich mache heute eine Doppelschicht." „Nehmen sie meinen", bot ich ihr meine Tasse an. Sie fragte, ob Jupp und ich nächste Woche auch zu Galskis Beisetzung kommen würden. „Selbstverständlich, Polizeioberrat Richter wird auch kommen und ein paar Worte sprechen." Silkes

Augen waren feucht und ihre Haut war von einer erschreckenden Blässe. Gedankenverloren strich sie mit dem kleinen Finger über ihre Nasenflügel. „Ich glaube, es wäre gut für sie, wenn sie eine kleine Auszeit nehmen würden“, sagte Jupp besorgt. „Mach ich auch, nach der Doppelschicht habe ich eine Woche frei. Ich fahre zu meiner Familie nach Gummersbach.“ Damit stand sie auf, reichte jedem die Hand und verabschiedete sich. „Dann mache ich mich auch mal auf den Weg, ich denke, ein wenig Ruhe wird mir gut tun.“ Jupp reichte Sarah zum ersten Mal die Hand, verabschiedete sich höflich und ging schon vor. Ich räusperte mich und fragte: „Magst du heute Abend mit mir ein Picknick machen? Ich könnte uns ein paar Tapas zubereiten.“ „Gerne, aber bitte nicht zu spät. Hol mich doch einfach gegen 17.30 Uhr zu Hause ab.“ Ich nickte und hauchte ihr einen Kuss auf die Wange. Tatsächlich, Sarah errötete und strich sich wie Silke Krause mit dem kleinen Finger über die Nase. In diesem Moment machte es „Klick“ ... irgendetwas machte mich stutzig und ich konnte beim besten Willen nicht sagen, was es war.

Zurück im Büro bat ich Jupp, für den Rest des Tages alleine die Stellung zu halten. Wir würden uns morgen zeitig hier treffen und den beteiligten Kollegen letzte Hinweise geben. So konnte ich noch meine Einkäufe erledigen und die Tapas zubereiten. Glücklicherweise hatte ich für mich bereits etwas vorgekocht und musste somit nur noch um wenige Gerichte kümmern. In einem großen Feinkostladen in der Nähe meiner Wohnung fand ich alles, was ich benötigte. Ich liebte Tapas, diese leckeren spanischen kleinen Schweinereien, die in der Regel so schnell zubereitet waren. Pünktlich um 17.00 Uhr war ich fertig und packte den Korb mit den Leckerbissen: gebratene Sardinen, Schweinemedaillons in Zwiebelsoße, Thunfischsalat in Zucchini, gebratene Auberginen, Kaninchen mit Knoblauchcreme.

Dazu gab es Weißbrot und einen eisgekühlten Rosé. Ich schaffte es fast pünktlich bei Sarah zu klingeln und sie stand wenige Augenblicke später vor der Tür. Ich bekam einen Kuss auf die Wange und wir stiegen ein. „Wohin willst du mich denn entführen?" „Nun, Ich kenne da einen schönen Platz am Rhein, in Neuss Uedesheim. Lass dich einfach überraschen." Die Route führte wieder über die Münchner Strasse, wir überquerten den Rhein über die Fleher Brücke und bogen an der ersten Ausfahrt auf Neusser Seite nach links in Richtung Dormagen ab. Nach kurzer Zeit waren wir in Uedesheim und stellten den Wagen in der Nähe der Rheinterasse ab. Von hier waren es nur ein paar Schritte ans Ufer, wo ich eine Decke ausbreitete und das Essen anrichtete. „Mit dir habe ich aber einen tollen Fang gemacht: ein guter Liebhaber UND ein guter Koch", grinste Sarah mich lausbübisch an. „Nicht loben ohne zu probieren", konterte ich und schenkte uns ein Glas Wein ein.

Es tat uns beiden gut, nicht über den Fall zu reden, sondern einfach die Zweisamkeit zu genießen. Sarah erzählte mir viel von ihrer Familie, die an der Ostsee lebte. Ich sprach von meiner Geschichte bei der Polizei und der inzwischen Verflossenen, wegen der ich ins Rheinland gekommen war. Gegen 21.00 Uhr packten wir zusammen und ich brachte Sarah nach Hause. Mein Abschiedskuss im Wagen fiel doch etwas leidenschaftlicher aus, sodass sie sich ein wenig sträubte: „Bitte heute nicht, Micha, wir haben morgen eine wichtige Sache zu erledigen und ich bin so was nicht gewohnt. Ich brauche jetzt einfach etwas Zeit für mich ... und DU würdest mich heute Abend sehr unruhig machen." Sie schmiegte sich noch einmal an mich, dass ich die Wärme ihres Körpers durch die Kleidung spürte und hauchte „Danke für den schönen Abend". Dann war sie verschwunden und ich fuhr mit einem lachenden und weinenden Auge nach Haus.

Kapitel 19

Es war 14.00 Uhr und alle beteiligten Polizeibeamten waren pünktlich. Jupp und ich gingen anhand von Standortfotos und Skizzen am Flipchart nochmals die Einsatzplanung durch. Nachdem alle Fragen geklärt waren, ging die Tür auf und Sarah trat ein. Mehr oder weniger allen Anwesenden stockte der Atem bei ihrem Anblick. Allen ging nur ein Gedanke durch den Kopf: DAS war Fleisch gewordener Sex! Sie trug wieder das Lederkorsett von der SM-Party, dazu eine schwarze Lederhose im Capri-Stil, lediglich bei den Schuhen hatte sie ein kleines Zugeständnis an die Örtlichkeit gemacht. Ihre lang wallende rote Mähne wirkte wie ein sexueller Botenstoff und man sah ihr an, dass sie sich ihrer Wirkung voll bewusst war. „So, meine Herren, an ihrer Reaktion sehe ich, dass mein Styling genau die erwünschte Wirkung hat. Nachdem ich mich also gut vorbereitet habe, hoffe ich, dass sie das Gleiche getan haben und auf mich aufpassen werden." Ein einstimmiges Nicken kam als Antwort.

Die einzelnen Teams teilten sich auf und bereiteten ihre Gerätschaften vor: schwere Scheinwerfer mit Hochleistungsakkus, Heckler und Koch MP5 Maschinenpistolen, PSG 1 Präzisionsgewehre, Schutzwesten, Nachtsichtgeräte, Funkgeräte usw. Für das schwer zugängliche Terrain wurden sogar geländegängige Motorräder bereitgestellt.

Sarah würde gegen 21.30 Uhr am vereinbarten Treffpunkt erscheinen, wir würden in Zivilfahrzeugen bereits um 18.00 Uhr anfahren, alle Installationen vornehmen und uns an den zugewiesenen Standorten positionieren.

Jupp und ich bezogen unseren Posten unmittelbar im Gebüsch hinter der Parkbucht mit den Bänken. Die Männer des SEK waren rundherum verteilt, Scharfschützen befanden sich in geeigneten Bäumen, die Deckung boten, und die Techniker hatten wahre Wunder vollbracht, indem sie die Scheinwerfer so montiert hatten, dass sie selbst einem geschulten informierten Auge nicht auffielen. Wir hatten uns ebenfalls mit Nachtsichtgeräten ausgestattet. Nach zwei Stunden des untätigen Wartens waren unsere Knochen steif und Jupp hatte sich bereits drei Mal an einem Baum erleichtert. Unsere Fahrzeuge waren von Kollegen der Fahrbereitschaft entfernt worden, mit denen wir für den Bedarfsfall aber in ständigem Funkkontakt standen. Sarah wollte mir eine SMS senden, wenn sie bereit war, loszufahren.

Die Zeiger meiner Uhr bewegten sich quälend langsam vorwärts, die Zeit wollte nicht vergehen. Jupp nörgelte: „Eine Minute ist relativ, lang oder kurz, es kommt darauf an, auf welcher Seite der Toilettentür du stehst." Ich grinste und entspannte mich etwas. Ich war wohl etwas eingedämmert, denn das Vibrieren meines Handys in meiner Hosentasche schreckte mich auf. Es war mittlerweile dunkel geworden. Ein Blick auf die Uhr zeigte mir, dass es bereits 21.10 Uhr war. „bin unterwegs, pass auf mich auf. kuss. sarah" lautete die Kurznachricht. Ich informierte die Teams per Funk und ordnete dann Funkstille an. Die Nachtsichtgeräte ermöglichten uns einen guten Überblick über das Terrain, störend waren jedoch vorbeifahrende Autos, die uns mit ihren Scheinwerfern blendeten. Hoffentlich machte uns der Täter damit keinen Strich durch die Rechnung.

Mein Körper war auf das Höchste angespannt. Da sah ich die Scheinwerfer eines Autos, welches in den Ortweg einbog. Wir warteten gespannt. Tatsächlich, es war Sarah. Das Verdeck ihres Wagens war offen und ihre Mähne schimmerte sogar durch das Nachtsichtgerät. Glücklicherweise schaltete sie sehr zeitig das Standlicht ein, sodass wir weiter alles gut erkennen konnten. Sie hielt den Wagen an, stieg aus und setzte sich auf eine der Bänke mit dem Rücken zu uns. Wir hatten mit Rücksicht auf ihre Sicherheit darauf verzichtet, sie zu verkabeln, denn wenn der Täter unter Polizisten zu finden war, dann bestand auch die Gefahr, dass er über Technik verfügte, die Abhörgeräte sofort bemerken würde. So konnte ich Sarah leider keinen Mut machen … und damit meine eigene Sorge um ihre Sicherheit ein wenig besänftigen. Sarah stand immer wieder auf, wanderte ein wenig umher und nahm wieder Platz.

Für jeden von uns unerwartet erklang auf einmal von der Strasse her eine Stimme: „Da bist du ja, du verdorbenes Ding. Brav, dass du so pünktlich bist.“ Die Stimme war dunkel, leicht rau, und klang, als wäre sie ein wenig verstellt. Sarah erhob sich und machte ein paar Schritte zur Strasse hin.

Während ich noch grübelte, weshalb keiner der Posten die Annäherung einer Person gemeldet hatte (sie musste zu Fuß gekommen sein), schallte wieder die Stimme herüber: „Bleib stehen, Miststück, wer hat dir gesagt, dass du dich bewegen darfst.“ Jetzt war die Stimme heller und klang fast etwas panisch.

Ich wollte kein Risiko eingehen und gab daher per Funk den Befehl „Zugriff“. Nur einen Wimpernschlag später flammten die Scheinwerfer mit einem lauten Knacken auf und tauchten die Szenerie in ein gespenstisch helles Licht. Sarah drehte den Kopf geblendet zur Seite, ebenso die ganz in schwarz gekleidete Gestalt ihr gegenüber.

Ein Gesicht war nicht zu erkennen, der Kopf steckte in einer Art Skihaube, die nur die Augen und den Mund frei ließ.

Während Jupp, ich und die Männer des SEK uns langsam auf die zwei Personen zu bewegten, sprang die schwarz gekleidete Gestalt vor, ergriff Sarah, riss sie herum und presste sie an sich. In der anderen Hand hielt sie eine Automatikpistole, deren Laufspitze sie an Sarahs Schläfe presste. „Zurück, ihr Schweine, sonst blas ich der Arschfotze das Hirn raus.“ War die Stimme schon vorher hoch und schrill gewesen, hörte sie sich jetzt fast irre an.

„Bleiben sie ruhig und lassen sie ihre Geisel frei. Sie sind umstellt und können nicht entkommen. Keine Chance. Mehr als 20 Polizisten sind hier direkt und das Gebiet wird weiträumig von 30 weiteren Beamten überwacht. Wir haben Hubschrauber im Einsatz. Machen sie keinen Unsinn“, sprach ich die Gestalt mit ruhiger, bewusst leiser Stimme an. Die Antwort wurde mir entgegen gespieen und war von einem durchdringenden Lachen begleitet: „Was glaubst du denn, Schweinebulle? Wer sagt denn, dass ich überhaupt entkommen WILL?“ Dann geschah etwas, was mich wie eine Salzsäule erstarren und mich meine Waffe senken ließ.

Die Gestalt fuhr sich mit dem kleinen Finger der Waffenhand über die Nasenflügel. Mir fiel es wie Schuppen von den Augen. Seit Tagen lag die Lösung vor mir und ich war zu dumm gewesen, die Zeichen zu erkennen. „Silke? Silke Krause? Sind sie das, Silke?“ Völlig entsetzt vernahm ich wieder das verrückte Lachen. „Sind sie also endlich drauf gekommen, Oberle?“ Mit einem Ruck ihres Unterarms würgte sie Sarah, die mich aus weit aufgerissenen Augen flehend anblickte. Sie war geradezu erstarrt und zu keiner weiteren Bewegung fähig.

Ich ließ meine Waffe sinken, bedeutete Jupp das Gleiche zu tun und sprach Krause wieder an: „Warum, Silke? Warum sie? Was hat sie zu diesen Wahnsinnstaten getrieben?“ „ICH BIN NICHT WAHNSINNIG. Das haben auch die Ärzte nicht kapiert. Ich bringe nur alles in Ordnung, einer muss es ja machen. Es kann nicht angehen, dass diese perversen Schweine weiter Partnerschaften zerstören.“

Ich überlegte fieberhaft, was zu tun sei. „Sie wollen doch entkommen, ich glaube ihnen nicht, dass sie sterben wollen. Da wäre eine wertvollere Geisel doch besser. Denken sie an sich selbst, sie hätten doch Skrupel auf einen Kollegen zu schießen. Nehmen sie mich im Austausch für Frau Rose, das erhöht ihre Sicherheit doch.“ Mir war klar, dass es ihr inzwischen scheißegal sein musste, ob sie auf einen Polizisten schoss. Spätestens seit dem Mord an Galski war diese Hemmschwelle überschritten. Ich ging in die Hocke, legte langsam meine Waffe nieder und erhob mich mit in die Luft gestreckten Armen.

Krause schien nachdenklich geworden zu sein, denn der Griff um Sarahs Hals hatte sich ein wenig gelockert. Ich schritt langsam auf sie zu und behielt sie dabei im Auge. Jupp hatte derweil für alle unbemerkt seine Position verändert, um in einen günstigeren Schusswinkel zu kommen. In diesem Augenblick schleuderte Krause ihr Opfer mit einem mächtigen Stoß zu Boden, sprang auf mich zu und fixierte mich in gleicher Weise wie zuvor Sarah. „So, meine lieben Kollegen, dann wollen wir doch mal sehen, ob Oberle Recht hat. Holt mir einen eurer Wagen, aber zügig. Wenn er in zwei Minuten nicht da ist, knall ich zuerst die Schlampe ab und dann Oberle.“ Sie trat mir in die Kniekehlen, sodass ich auf die Knie sank.

Krause zwang mich, die Hände hinter dem Kopf zu verschränken. Dann spürte ich, wie sich die Mündung ihrer Waffe an meinen Schädel presste. Ich blickte Jupp in die Augen und sah die Verzweiflung darin. Unmerklich schüttelte ich den Kopf, um ihm zu signalisieren, nicht zu schießen.

Die folgenden Ereignisse spielten sich in so kurzer Zeit ab, dass sie manchen Beteiligten erst sehr viel später voll zu Bewusstsein kamen. Der Leiter des SEK-Kommandos kam näher und forderte Krause auf, ihre Waffe nieder zu legen. Ansonsten würde er den Scharfschützen den Befehl zum finalen Rettungsschuss geben. Wieder kam als Antwort das höhnische Lachen und ich fühlte, wie sich der Lauf fester an mich drückte. Ich hörte das vertraute Knacken, mit dem Silke den Hahn ihrer Waffe spannte. „Ach, was soll die ganze Scheiße denn noch? Ich hab getan, was ich tun musste … und nun leckt mich am Arsch, ihr Säue!!!“ Sarah richtete sich auf und schrie angsterfüllt: „NEIN!!!“ Durch den Ruf abgelenkt, schwenkte Krause ihre Pistole leicht in Sarahs Richtung. Genau in diesem Augenblick feuerte Jupp und traf Silke in der rechten Schulter. Ungläubig starrte sie auf das Loch in ihrem Pullover und das hervorquellende Blut. In einer letzten Kraftanstrengung hob sie den Arm wieder in Richtung meines Hinterkopfes und konnte aufgrund der Vorspannung der Waffe noch die Kraft aufbringen, diese abzufeuern. Ich wandte meinen Blick nach links zu Sarah und spürte einen harten heißen Schlag gegen meine Stirn. Das Letzte, das ich vernahm, waren mehrere Salven aus Maschinenpistolen. Dann ging für mich, vielleicht für immer, das Licht aus. Immerhin hatte ich Sarah retten können …

Epilog

Aufgrund der letzten Geschehnisse werde ich, Josef Schmitz, ihnen weiter berichten.

Leider konnte mein Schuss nicht verhindern, dass Silke Krause noch ihre Waffe abfeuern konnte. Oberle wurde an der Stirn getroffen und brach zusammen. Ich warf mich zu Boden, während die SEK-Leute das Feuer eröffneten. Krause wurde von mehreren Salven getroffen und fiel wie ein Stein auf die Erde. Einer der Kollegen war ausgebildeter Rettungssanitäter und übernahm die Versorgung der beiden Verletzten. Ich schrie ihn an: „Was ist mit Micha? Lebt er noch? Kommt er durch?“ Sarah Rose kniete da bereits neben mir und hielt Oberles linke Hand. Der Ersthelfer blickte mich ernst an und schüttelte kaum merklich den Kopf. Hasserfüllt schlug ich mit der Faust auf den feuchten Boden. Ich bemerkte nicht einmal, dass ich mir dabei den kleinen Finger brach. Warum hatte ich nicht direkt auf den Kopf gefeuert? Aber Micha hatte doch signalisiert, dass ich nicht schießen sollte. Ich hatte gedacht, er wolle einen seiner asiatischen Tricks anwenden, um eine Schießerei zu verhindern. Und jetzt war ich Schuld daran, dass Michael schwer verletzt am Boden lag und sein Überleben mehr als fraglich war.

Nur wenige Minuten später hörten wir Sirenen und sahen das Blaulicht herankommender Rettungswagen. Sie mussten aus dem nahe gelegenen Benrather Krankenhaus herbeigerufen worden sein. Der ebenfalls eintreffende Arzt übernahm sofort die Versorgung von Michael, die Sanitäter kümmerten sich um Krause, die wohl trotz mehrerer Treffer nicht so schwer verletzt war. Krause und Oberle wurden in die Rettungswagen verladen und in die Universitätsklinik gefahren. Mir wurde die Mitfahrt im Rettungswagen verweigert.

Betreten standen Frau Rose, die SEK-Leute und ich im Kreis. Im Licht der Scheinwerfer schimmerte das Blut auf dem Gras, wo Michael zusammengebrochen war. Sarah Roses Make-up war durch ihre Tränen völlig verschmiert, sie zitterte am ganzen Körper. Ich bat einen Kollegen aus der Fahrbereitschaft, der vorgefahren war, um eine Decke und legte sie ihr um die Schultern. „Sollen wir zusammen in die Uni-Klinik fahren?“, fragte ich. Sie nickte und schnäuzte sich in ein Papiertaschentuch. Der Fahrer brachte uns mit „vollem Besteck“ in das Krankenhaus. Mittlerweile fing meine Hand an zu pochen und der Schmerz wurde nicht mehr vom Adrenalin unterdrückt.

Ich wurde in der Notfallambulanz sofort versorgt und konnte bald vor den OP-Räumen neben Sarah Rose Platz nehmen und warten. Nach drei Stunden kam ein Arzt heraus und sagte uns, dass wir nach Hause gehen sollten. Die Operation bei Micha würde noch einige Stunden dauern. Glücklicherweise habe das Projektil seinen Schädel nur gestreift. Dabei hätte es die Haut auf der Stirn durchtrennt und eine tiefe Furche im Schädel hinterlassen. Es sei zwar kein Fragment des Geschosses in den Kopf eingedrungen und es habe auch keine Knochensplitter gegeben, die das Hirn verletzt haben könnten, jedoch hätte Oberle ein schweres Schädel-Hirn-Trauma. Das Hirn sei durch die heftige Erschütterung so angeschwollen, dass man zur Entlastung jetzt eine Bohrung für eine Drainage machen würde. Dadurch könne Hirnflüssigkeit abfließen und dem Gehirn so Raum geben, sich auszudehnen. Die Gefahr einer Infektion sei nun aber deutlich größer und Michael würde ganz sicher im Koma liegen. Ob, wann und in welchem Zustand er daraus erwachen würde, läge in den Sternen oder in Gottes Hand.

Sarah Rose war erschüttert und brach wieder in stumme Tränen aus. Ich fragte sie, ob ich sie für eine kurze Weile alleine lassen dürfe, ich hätte etwas Wichtiges zu erledigen. Natürlich wollte ich sie nicht wissen lassen, dass ich mich auch nach Silke Krauses Zustand erkundigen wollte.

Von einem Mitglied des Operationsteams bekam ich genauere Auskünfte. Silke Krause konnten zwar alle Projektile und deren Fragmente entfernt werden, die inneren Verletzungen seien jedoch erheblich und ihr Überleben sei höchst unwahrscheinlich. Ich entschloss mich daher, sofort ihre Familie über die Ereignisse zu informieren, und zwar unter Zuhilfenahme der Kollegen in Gummersbach. Vom Wachleiter erfuhr ich Erstaunliches, was ich sofort Kriminaloberrat Richter miteilen musste: Silke Krause war in der Wache wohlbekannt. Sie stammte aus gutbürgerlichen Verhältnissen, die Eltern galten als sozial sehr engagierte Bürger. Silke jedoch sei in ihrer Jugend auffällig gewesen, einmal sei sie in eine Tätlichkeit verwickelt gewesen, wobei sie einen Mann mit einem Messer verletzt habe. Da die Sache aber nicht zur Anzeige gebracht worden war, habe man es auf sich beruhen lassen.

Der Kommissar aus Gummersbach versprach mir, mit dem notwendigen Mitgefühl die Familie zu informieren und für eine entsprechende psychologische Betreuung zu sorgen. Ich kehrte nach meinem Telefonat mit Richter zu Frau Rose zurück. Sie hatte sich inzwischen wieder ein wenig gefangen, ihre Hände hielten jedoch verkrampft ein Stofftaschentuch, das von Tränen nass war.

Wir warteten mehr als zwei Stunden schweigend nebeneinander, als ein uniformierter Polizist zu mir kam und mich um ein Gespräch unter vier Augen bat. Er sei als Wache vor Silke Krauses Zimmer postiert und der behandelnde Arzt habe ihm mitgeteilt, dass Krause mich zu sehen wünsche. Es ginge wohl zu Ende. Ich eilte zu ihrem Zimmer und trat leise ein.

Sie war kalkweiß und zu keiner Bewegung fähig. Aus ihrem Körper ragten zwei Schläuche, durch die eine dunkle Flüssigkeit floss sowie zwei Infusionsschläuche. Sie wand ihren Kopf zu mir und bedeutete mir mit den Augen, Platz zu nehmen. Dann flüsterte sie: „Ich musste das doch tun, so konnte es doch nicht weitergehen. Es hat doch gereicht, dass ICH so leiden musste." Aus ihren Augen rannen Tränen und sie blickte mich voller Verzweiflung an. Ich konnte nicht anders und ergriff ihre Hand, denn ich sah nur noch einen jungen Menschen, der unsägliche Schmerzen und Angst vor dem nahen Ende hatte. „Ich habe Oberle wirklich gemocht, aber DAS hätte er nicht tun ...". Mit einem Stöhnen bäumte sich ihr Körper auf und fiel dann abrupt in sich zusammen. Ihre Hand verkrampfte sich in meiner, um dann zu erschlaffen. Die angeschlossenen Monitore zeigten eine durchgehende Nulllinie und fingen an, wie verrückt zu piepen. Jetzt sah ihr Gesicht friedlich aus.

Ich blieb zusammengesunken in meinem Stuhl sitzen, während das medizinische Personal sich um Silke bemühte. Es war jedoch erfolglos und die medizinischen Geräte wurden entfernt. Was war nur mit dieser jungen Frau geschehen, dass sich solch mörderischer Hass in ihr aufgebaut hatte? Es mochte wohl eine Viertelstunde so vergangen sein, da ging die Tür auf und eine Frau und ein Mann, die ungefähr mein Alter hatten, traten ein. Ich ging ihnen entgegen und stellte mich vor. „Wir sind die Eltern von Silke. Dürfen wir jetzt mit ihr alleine sein?“, erwiderte der Mann. Ich nickte, scheinbar waren sie bereits vom Tod ihrer Tochter unterrichtet worden.

Als ich wieder auf dem Gang stand und die Tür geschlossen hatte, hörte ich eine Stimme aufschreien, mehr einem verwundeten Tier als einem Menschen ähnlich. Ich holte sofort eine Krankenschwester, die sich um Frau Krause kümmerte. Herr Krause wirkte apathisch und nahm neben mir auf dem Gang in einer Sitzgruppe Platz.

Es mochten zehn Minuten vergangen sein, da begann er zu erzählen: „Silke war unsere einzige Tochter. Seit der Realschule war sie mit Thomas, einem Jungen aus der Nachbarschaft, befreundet. Es stand für jeden eigentlich fest, dass die beiden ein Paar würden. So kam es auch. In der Pubertät näherten sie sich einander an, Thomas wurde Silkes erster Mann. Mein Gott, war das Mädchen verliebt. Thomas machte nach der Realschule eine Ausbildung zum Versicherungskaufmann in Köln, Silke machte ihr Abitur. Dadurch sahen sie sich seltener, meist nur noch am Wochenende. Als Thomas dann auch noch an den Wochenenden in Köln blieb, wurde Silke misstrauisch. Sie hatte einen Schlüssel zu der Wohnung, die Thomas unter der Woche nutzte. An einem Samstagabend fuhr Silke nach Köln, um Thomas zu überraschen. Sie hatte sich schick gemacht und Karten für ein Musical besorgt. Leise betrat sie die Wohnung und hörte Geräusche aus dem Schlafzimmer. Als sie die Tür öffnete, sah sie Thomas, wie er Sex mit einem Mann hatte, der sich als Frau zu Recht gemacht hatte. Sie drehte völlig durch, schlug auf die beiden Männer ein, beschimpfte sie und rannte davon. Sie hat Thomas seit dem nie wieder gesehen. Jeglicher Versuch der Kontaktaufnahme seinerseits wurde von ihr abgeblockt. Wir durften ihm nichts von ihr erzählen und sie fraß ihren Kummer in sich hinein. Trotzdem schaffte sie ihr Abi mit Bravour und bewarb sich bei der Polizei. Bedingt durch die Ausbildung zog sie um und wir sahen sie nur noch selten. Gut, am Telefon hatten wir noch Kontakt, aber es war sehr oberflächlich, man telefonierte wie mit einer Fremden. Wir dachten, sie hätte die Sache überstanden ... und jetzt DAS!“ Er brach ab und übergab sich in den Mülleimer, der neben uns stand. Dankend nahm er das von mir angebotene Taschentuch an und sagte: „Bitte entschuldigen sie, ich muss mich um meine Frau kümmern.“ Damit stand er auf und ging.

Das also hatte Silke mit ihren letzten Worten gemeint. Sie hatte also gedacht, andere Menschen vor solch einem Erlebnis voller Schmach, Scham und Schmerz bewahren zu müssen, und das um jeden Preis. Männer, die sich zu dieser Leidenschaft bekannten, hatten für sie jedes Recht auf Leben verloren.

Ich kehrte zum Wartebereich vor dem Operationssaal zurück, in dem Michael operiert wurde. Sarah war nicht mehr da. Stattdessen traf ich einen Arzt an, der mich in ein Zimmer führte. Dort lag Oberle, ebenso wie Silke verkabelt und an Geräte angeschlossen. Er war intubiert und das Zischen des Beatmungsgerätes ertönte rhythmisch. Auf einem Stuhl neben seinem Bett saß Sarah. Eine Krankenschwester trat ein und blickte uns fragend an. Ich zeigte meinen Dienstausweis, woraufhin sie Frau Rose ansprach: „Sie dürfen aber nicht hier bleiben. Es dürfen nur Angehörige zu Herrn Oberle.“

Sarah blickte entsetzt erst zu ihr, dann zu mir. Da legte ich beruhigend meine Hand auf ihre Schulter und sagte zu der Krankenschwester: „Frau Rose ist die Lebensgefährtin meines

Kollegen und wird so lange hier bleiben, wie sie möchte. Haben wir uns verstanden?“ Mit einem wütenden Blick rauschte die Karbolmaus hinaus.

Sarah sah mich dankbar an. Ich reichte ihr die Hand: „Für dich bin ich ab sofort Jupp und wenn irgend möglich, sollte einer von uns beiden da sein, wenn er erwachen sollte …“.

Und dann hielten wir schweigend abwechselnd Michaels Hand …

Personen	*In alphabetischer Reihenfolge*
Dressler, Frank	Mordopfer, gen. Anja
Galski, Dirk	Polizeihauptmeister
Krause, Silke	Polizeimeisterin
Lemberger, Richard	Mordopfer, gen. Rico
Molitor, Gustav	Schwiegervater eines Opfers
Molitor, Linda	Schwägerin eines Opfers
Oberle, Michael	Polizeihauptkommissar
Pawlick, Jens	Mordopfer, gen. Doreen
Richter, Werner	Polizeioberrat
Rose, Sarah	Transvestit, Gastronomin
Schmitz, Josef	Polizeikommissar, gen. Jupp
Vollmer, Ruprecht	Gerichtsmediziner
Winkler, Josef	Mordopfer, gen. Josy
Winkler, Sylvia	Ehefrau eines Opfers, geb. Molitor

Glossar

a/p	Aktiv/passiv
Admin/Administrator	Personen mit Kontrollfunktion in Foren und Chat-Plattformen
AV	Analverkehr
CBT	Cock-Ball-Torture, SM-Praktik, bei der Penis und Hoden z.B. mit Seilen abgebunden werden
Chat Room	Virtueller Raum, in dem sich Personen mit gleichen Interessen austauschen können
Community	Gemeinschaft Gleichgesinnter
Covern	beschützen, absichern
Dirty Talk	"schmutzige Sprache", Erregung des Sexualpartners durch Obszönitäten
Drag Queen	Mann, der sich mit besonderer Sorgfalt als Frau stylt und evtl. auch als solche auftritt (Kabarett etc.)
DWT	Damenwäscheträger
Fafafine	Eine Besonderheit der samoanischen Kultur, dort über nehmen vereinzelt Männer die Rolle der Frau in Großfamilien, z.B. nach dem Tod der Mutter
Girlie Stil	Kleidungstyp, stellt bevorzugt sehr junge Mädchen dar
Harness	Gurtgeschirr, minimalistisches Bekleidungsstück, bestehend aus Ledergurten
High Heels	Damenschuhe mit besonders hohem Absatz
ICQ	Ein Nachrichtenprogramm, mit dem sich Personen ohne Zeitverlust Nachrichten senden können, eine Art telefonieren auf schriftlichem Wege
IP-Adresse	Adresse eines Computers im Internet
Jocks	eigentlich Schutzbekleidung für

	männliche Genitalien,
KTU	Kriminaltechnische Untersuchung, auch Spurensicherung (Spusi) genannt
Mail-Addi	Persönliche Adresse, an die man elektronische Post senden kann
OV	Oralverkehr
SM	Sado-Masochismus
Spank	SM-Praktik, bei der bevorzugt mit der Hand das Gesäß geschlagen wird
Stino	Abkürzung für „Stinknormal", sog. Blümchensex
Transgender	Bezeichnung für Menschen, die sich nicht dem Geschlecht zugehörig fühlen, dem sie durch biologische oder soziale Merkmale zugeordnet sind
Transident	Siehe Transgender
TT	Tit-Torture, SM-Praktik, bei der die Brustwarzen schmerzhaft manipuliert werden
Vanilla	Bezeichnung für Sexualität, die keine Fetisch- oder SM-Praktiken enthält, meist abwertender Begriff